큰글
한국문학선집

김동인 단편소설선

박 첨지의 죽음

일러두기

1. 원전에는 '한자[한글]' 또는 '한글(한자)'의 형태로 혼재되어 있어 그대로 두었다. 다만 제목의 경우, 한자를 삭제하고 한글로 표기하고 이를 각주를 달아 한자를 알아볼 수 있도록 하였다.
2. 원전에서 알아볼 수 없는 글자는 '○' 또는 '●'으로 표시하였다.
3. 이해를 돕기 위하여 편집자 주를 달았다.

목 차

박 첨지의 죽음

박 첨지의 늙은 내외가 공동묘지를 떠나서 제 집－
제 움막으로 향한 것은 거의 황혼이 되어서였읍니다.

그들은 오늘 자기네의 외아들 만득이를 이 공동묘
지에 묻었읍니다. 마흔다섯에 나서 낳은 아들, 그리
고 이십오년간을 기른 아들, 지금은 그들의 보호 아
래서 떠나서 오히려 그들을 부양하고 보호하여 주던
장년의 외아들 만득이를 땅속에 묻었읍니다. 그리고
지금 돌아가는 길이외다.

그들은 말없이 걸었읍니다. 한 번도 뒤를 돌아본
일도 없었읍니다. 박 첨지는 앞서고, 그의 늙은 안해
는 서너 걸음쯤 뒤서서 머리를 폭 수그린 채 앞으로
앞으로 걸었읍니다. 사면을 살펴보지조차 않았읍니

다. 한 마디의 말도 사괴지[1] 않았읍니다.

십 리쯤 와서 다만 한 번, 늙은 안해가 제 늙은 그 지아비에게 향하여 좀 쉬어서 가기를 제의하였읍니다. 그 말에도 박 첨지는 발을 멈추지도 않았읍니다.

"쉬기는, 발목이 썩어졌나!"

이렇게 호령할 뿐, 뒤를 돌아보려도 아니하고 모르는 듯이 그냥 갔읍니다.

안해도 두말을 하지 않고 조용히 따랐읍니다. 그리고 이 한 마디의 말이 묘지에서 시내까지 삼십 리를 걸을 동안에 그들 내외가 사귄 다만 한 마디의 말이었읍니다.

그들이 자기네의 움막까지 이른 때는 날은 벌써 깜깜히 어두운 때였읍니다. 움막 앞에까지 먼저 이른 박 첨지는 팔을 걷고 먼쯧[2] 섰읍니다. 뒤를 따라오던 안해[3]도 섰읍니다. 자기의 뒤를 따라서 같이 서는 안해에게 박 첨지는 손을 들어서 움막의 문을 가리켰

---

1) '사귀다'의 옛말. 서로 얼굴을 익히고 친하게 지내다.
2) 멈칫
3) 아내

읍니다.

"먼저 들어가!"

안해는 힐끗 남편을 쳐다보았읍니다. 그런 뒤에 모른 체하고 그냥 서 있었읍니다.

"냉큼 못 들어갈 테야?"

박 첨지의 호령은 뒤를 이어서 내렸읍니다. 안해는 다시 한 번 제 늙은 그 지아비를 쳐다보았읍니다. 그러고는 말없이 움막 문으로 갔읍니다. 그러나 움막의 문 걸쇠에 손을 댄 안해는 다시 제 그 지아비를 돌아보았읍니다.

박 첨지의 세 번째 호령이 하마터면 또 나올 뻔하였읍니다. 그러나 세 번째의 호령이 나오기 전에 안해가 문을 벌석 열었읍니다. 그리고 잠시 주저한 뒤에 어두운 방 안으로 사라졌읍니다.

자기의 안해가 들어간 뒤에 잠시 더 길에 버티고 서 있는 박 첨지는 안해의 뒤를 따라서 무거운 걸음으로 방 안으로 들어갔습니다.

그것은 쓸쓸한 방 안이었었읍니다. 어제 저녁까지도 (죽어 가는 아들이나마) 아들이 아랫목에 누워 있었읍니다. 그 아들이 벌써 이 세상에서 존재를 잃고는 늙은 내외 단둘이 어둡고 좁은 이 방 안에 마주 앉아 있는 것은 여간 쓸쓸한 일이 아니었읍니다.

내외는 불을 켜려고도 아니 하였읍니다. 어두운 방 안에 죽은 듯이 마주앉았읍니다.

이윽고 늙은 안해의 입에서 먼저 훌쩍 느끼는 소리가 났읍니다.

"영감!"

안해가 마침내 쓰러졌읍니다.

그것을 보는 순간 박 첨지는 성가신 듯이 코를 한 번 울리고 곧 외면을 하였읍니다.

"왜 이 꼴이야."

커다란 호령이 그의 입에서 나왔읍니다.

안해는 남편의 호통에 한순간 울음을 끊었읍니다. 그러나 끊었던 울음은 그 다음 순간에 더욱 큰 통곡으로 변하였읍니다.

"누구를 바라고 살우."

이런 외누다리를 섞어 가면서 안해는 마침내 통곡을 하기 시작하였읍니다.

박 첨지는 연하여 코를 울렸읍니다. '제기' '방정맞게' '귀찮게' 혼잣말같이 연방 이런 말을 하면서 코를 울리며 있었읍니다. 그러나 이렇게 안해의 울음을 저주하는 그의 늙은 눈에서도 눈물이 하염없이 흘렀읍니다.

박 첨지의 내외는 동갑이었읍니다. 그들은 열여덟 살 때 서로 만났습니다.

열아홉 살에 그들은 첫아들을 낳았습니다. 그러나 그 첫아이는 세상에 나온 지 한 달 만에 다시 다른 세상으로 가 버렸읍니다.

그러나 젊은 박 첨지의 내외는 그것을 그다지 탄하지 않았읍니다. 장래에 많은 자식을 낳을 그 가운데서 하나를 잃었다 하는 것은 그들의 감정에 아무런 영향을 주지를 못하였읍니다.

스무 살 때 딸을 낳았읍니다. 스물두 살에 또 딸을 낳았읍니다. 스물네 살에 아들을 낳았읍니다. 스물여섯 살에 또 아들을 낳았읍니다. 이리하여 스물여섯 살 때는 박 첨지의 내외는 벌써 이남이녀의 어버이가 되었읍니다.

　일곱 살을 선두로 네 사람의 자녀를 두었다 하는 것은 '젊음'이라는 것밖에는 다른 아무 밑천도 없는 박 첨지의 내외에게는 좀 과한 짐이었읍니다. 지게 하나를 밑천삼아 가지고 박 첨지는 소와 같이 일을 하였읍니다.

　새벽 아직 어두워서 지게를 어깨에 걸치고 거리에 나가서는 밤이 들어서야 제 집을 찾아 돌아오고 하였읍니다. 술과 담배는 먹을 줄을 모르는 박 첨지였읍니다. 그러나 그 날 버는 돈은 그 날로 없어졌지 조금이라도 모을 수는 없었읍니다. 일곱 살 난 맏딸은 벌써 어른에게 지지 않게 많이 먹었습니다.

　세 살 난 애도 벌써 밥을 먹기 시작하였읍니다. 쌀 한 말이 사흘을 가지를 않았읍니다. 게다가 이렇게 자식의 수효가 늘어 가다가는 장래에는 몇 십 명이 될지 예측은 할 수 없었읍니다. 몸이 건강한 박 첨지는 지게꾼으로는 비교적 돈을 잘 버는 축에 들 것이로되 여섯 식구의 입을 당하여 나아가기는 좀 급하였읍니다.

스물여덟 살에 또 아들이 하나 생겼읍니다.

서른 살에 딸을 하나 낳았읍니다.

식구가 벌써 여덟이 되었읍니다. 그 가운데 젖먹이 하나를 남기고는 전부가 밥을 먹는 식구였읍니다. 한 사람이 버는 돈으로써 이 많은 식구를 먹이고 입히기는 과연 힘들었읍니다. 어느 누가 자식에게 대한 애정이 없는 사람이 있으랴만 이 과도한 생산에는 박첨지의 내외는 때때로 혀를 차고 하였읍니다. 계집아이는 몇 개 죽어도 좋겠다고 이런 이야기도 때때로 내외의 입에 올랐읍니다.

염병이 돌았읍니다. 염병은 박 첨지의 집안에도 들어왔읍니다. 그리고 열한 살을 위로 한 살 난 젖먹이까지 도합 여섯 아이를 한꺼번에 다 잡아 갔읍니다.

박 첨지의 집안은 변하여졌읍니다. 언제든 아이들의 울음소리와 웃음소리가 끄칠 날이 없던 박첨지의 집안은 갑자기 고요하여졌읍니다. 아무리 귀찮았어도 자기의 자식—그 여섯 남녀를 한꺼번에 잃은 어머니는 며칠을 식음을 전폐하고 자리에 누워 있었읍니다. 박 첨지도 입이 써서 며칠을 온갖 일에 성만 내었읍니다.

그러나 그들은 젊었읍니다. 젊음에 부수되는 용기를 가지고 있었습니다.

'다시 만들면 그뿐이다.'

이런 단념이 차차 그들의 마음을 내려앉게 하였읍니다. 동시에 이 좀 조용한 기회를 타서 힘껏 돈을 보아서 살림살이 장래를 준비하여 보겠다는 생각도 났읍니다.

그들은 먹지를 않았읍니다. 입지를 않았읍니다. 그리고 돈 모으기에 전력을 다하였읍니다.

"아이가 생기기 전에 집 한 간이라도—."

이런 목표로서 절단보단하여⁴⁾ 둘은 돈을 모았읍니다.

일년이 지났읍니다. 이년이 지났읍니다. 돈은 조금 모아졌읍니다. 게다가 이년 동안에 안해에게는 태기가 보이지를 않았읍니다.

삼년이 지났읍니다. 사년이 지났읍니다. 자그마한

---

4) '절장보장(截長補短)하다'의 잘못. 긴 것을 잘라서 짧은 것을 보충한다는 뜻으로, 장점이나 넉넉한 것으로 단점이나 부족한 것을 보충함을 이르는 말이다.

오막살이가 하나 생겼읍니다. 안해에게는 역시 태기가 보이지 않았읍니다.

오년이 지나고 육년이 지나서 돈 몇 백 냥이 앞서게까지 되었지만 웬일인지 안해에게서는 태기가 보이지를 않았읍니다.

처음 일이년은 무심히 지났읍니다. 그 뒤 일이 년은 이것을 오히려 다행으로 여기고 지냈읍니다. 그러나 산을 끊은 지 오륙 년이 지나도록 다시 태기가 보이지 않을 때에 그들 내외는 겨우 걱정하기 시작하였읍니다. 더구나 그때는 그들의 나이가 삼십오륙 살, 젊음의 용기가 차차 줄어지고 인생의 항로의 험하고 고적함을 겨우 느끼기 시작할 나이인지라 무릎 위에 자식을 안아 보고 싶은 욕구가 차차 강렬히 생기기 시작하였읍니다.

매달 기한을 어기지 않고 몸을 할 때마다 박 첨지는 역정을 내고 하였읍니다. 다리를 찢어 버리겠다고 저주까지 하고 하였읍니다. 그리고 이전에 한꺼번에 죽은 여섯 자식 가운데서 그중 못난 놈 한 놈이라도 그저 남아 있었더면 좋겠다는 한탄을 늘 하고 하였읍니다.

동시에 돈벌이에 대한 열성이 급격하게 줄기 시작하였습니다. 이전에 그렇게 흥이 나서 밝기 전에 나가서 어두워서야 들어오던 그가 차차 지금은 핑계만 있으면 하루 종일 집안에 누워 있기를 즐겨하였습니다.

사십 고개도 어느덧 넘어셨습니다. 자식이 없는 중년 내외의 살림은 불안과 불평뿐이었습니다. 남편은 바깥일에 역정을 내었습니다. 더구나 장래라는 것을 생각할 때는 박 첨지는 끝없는 불안을 느끼고 하는 것이었습니다.

커다란 암흑―자기의 장래에 대하여 이것 밖에는 아무 것도 발견하지를 못하였습니다. 어떤 암흑이 어떻게 있는지는 알 수가 없되 막연하나마 그의 앞에 걸려 있는 것은 끝없는 암흑뿐이었습니다.

차디찬 가정―그 가운데서 적의(敵意)5)와 동정을 아울러 품은 중년의 내외는 고적한 그날그날을 보내

---

5) 적대하는 마음, 해치려는 마음

고 있었읍니다.

  그들이 마흔네 살 나는 해에 어떤 달 안해는 월경을 건넜읍니다. 처음에는 안해는 그것을 다만 단산의 징조로 알았읍니다. 벌써부터 생산에 대하여는 단념을 하였던 그였었지만 이 절망적 현상에 안해는 다시금 가슴을 죄었읍니다. 이 일은 남편에게는 말하지 않았읍니다.

  그랬더니 한두 달 지나면서부터 그의 입맛이 현저히 달라졌읍니다. 석달이 지난 뒤에는 잉태한 것이 분명하여졌읍니다. 이리하여 세상에 나온 것이 만득이였읍니다. (미완)

(『삼천리(三千里)』, 1931.10)

벌번 반 년[6]

서울 중부 견평방(中部 堅平坊)

지금[7]은 거기 서 있는 건물(建物)도 헐리어 없어져서 빈 터만 남았지만, 연전까지는 빈 벽돌집이나마 서 있었고, 그전 잠깐은 화재 뒤의 화신백화점(和信百貨店)[8]이 임시영업소로 썼고, 그전에는 수십 년간 종로경찰서의 청사(廳舍)로 사용되었고, 또 그전에는 '한성 전기회사'가 있던 곳.

---

6) 罰番半年

7) 1946년

8) 선일지물 사장 박흥식에 의해 1931년 설립되어 우리 민족에 의해 경영된 최초의 백화점으로 지금의 서울특별시 종로구 인사동에 위치했었다. 일제강점기 전국적인 연쇄점을 개설하고 값싸게 물건을 공급함으로써 중간상의 폭리를 배제하고 새로운 유통질서를 세웠으며, 다양하고 풍부한 물건을 확보하기 위해 해외에도 지사를 두는 등 한국상업계의 근대화에 큰 기여를 하였다.

그곳은 이태조 한양 정도 후에 순군만호부(巡軍萬戶府)⁹⁾를 두었던 곳이다.

순군만호부는 태종 이년에 순위부(巡衛府)라 이름을 고치었다가, 삼년에 다시 의용순금사(義勇巡禁司)라 칭하였다가, 십사년에 의금부(義禁府)라 다시 고친 것으로서, 속칭 왕옥(王獄) 왕부(王府) 금오청(金吾廳) 금부(禁府) 등등으로 불리우는 무시무시한 곳이었다.

태고 적부터 변함없이 동쪽으로 떴다가 서쪽으로 넘어가는 해가, 이 날도 여전히 서쪽으로 기울어지고, 집집의 지붕 위로 솟은 굴뚝에서는 마지막 연기까지도 사라지고 고요한 밤이 이르려 할 때였다.

고요한 밤은 바야흐로 이르려 한다. 그러나 의금부와 그 근처 일대의 공기뿐은, 어디인지 지적키는 힘드나 그다지 고요하지 못하였다. 무슨 중대한 일이 장차 벌어지려는 모양으로, 도사 나장들의 출입이 빈번하고 어디인지 불안한 공기가 돌고 있었다.

---

9) 고려와 조선 전기에 절도, 난동, 풍기 등의 단속을 관장한 치안기관

때는 광해주(光海主) 오년.

선조대왕 초엽에 김효원(金孝元)과 심의겸(沈義謙)의 두 사람 새의 변변찮은 시비에서 시작된 당쟁(黨爭)이, 임진난리라는 커다란 국난(國難) 때문에 잠시 가라앉았다가 난리 끝난 뒤부터 또다시 다툼이 시작되어, 그 당쟁 때문에 옥사(獄事)가 뒤달아 생겨나는 험난한 시절이었다.

그런 시절이니만치 금부의 공기가 평화롭지 못한 것은, 또한 한 가지의 사건이 생겨나려는 징조일시 분명하였다.

그로부터 얼마 전, 동래(東萊)의 어떤 은상(銀商)이 적지 않은 은을 말에 실어 가지고 서울로 올라오다가 조령(鳥嶺)서 불한당 떼를 만나서, 재물과 목숨을 한꺼번에 빼앗긴 사건이 있었다.

포청의 활동으로 그 불한당은 곧 잡혔다. 잡고 보니 그 불한당은, 정승 박순(政丞 朴淳)의 서자되는 박응서(朴應犀)였다. 뿐만 아니라, 그 떼거리들이 모두 서(庶)줄이나마 명문집 자제들이었다.

정부에서는 의심이 덜컥 났다. 아무리 서줄이나마 명문집 자제들만이 모여서 결당위도[10]라는데, 의심을 두지 않을 수가 없었다. 더우기[11] 시절이 시절이니만치, 그들의 배후에 무슨 줄이 없나 문초를 단단히 하였다.

이리하여 그들의 입에서 우러나온 토사는 가로되,

－역적 도모를 하였다.

－지금 임금을 내쫓고 영창대군(임금의 이복동생)을 모셔다 임금으로 삼기를 꾀하였다.

－영창대군의 모후(母后)되는 인목대비(仁穆大妃)도 무론 아는 바이다.

－인목대비의 친정아버지 되는 연흥부원군(延興府院君) 김제남도 배후의 인물이다.

놀라운 토사였다.

매에 못 이겨 나온 거짓 토사인지 참말인지는 알 길이 없으되, 그들이 토사한 바의 사건만은 놀랄 만한 일이었다.

---

10) 結黨危道
11) 더욱이

인목대비라 하면 선왕 선조(先王 先祖)의 정후(正后)이며, 지금 임금의 생모는 아니나 당당한 적모(嫡母)였다.

또한 사정으로 따져 보자 하여도, 인목대비에게는 불평과 불만이 있을 것이었다. 당신은 선왕의 정후로서, 당신 몸에 영창대군이라 하는 적출(嫡出) 왕자가 있거늘, 적출의 왕위를 계승치 못하고 후궁(後宮) 탄생의 현 왕이 계승한 데 대하여는, 적지 않은 불만을 품고 있을 것이었다. 환경과 입장이 그러하니까 자식을 둔 어버이의 마음으로 혹은 어떤 다른 생각이 약간 있었을는지도 알 수 없다.

인목대비의 입장이 그러니까 대비의 친정아버지되는 김제남에게도 그런 불만은 무론 있었을 것이다. 그 위에 김제남은 인목대비보다는 한층 더 불평을 품게 될 이유가 따로이 있었다.

그것은 다른 것이 아니라, 지금 임금은 북인(北人)들을 더 신임하기 때문에, 서인(西人)인 김제남은 당파적으로도 또한 왕께 불평을 품고 있었을 것이다.

이러한 입장에 있는 사람들인 위에, 박응서의 입에

서 놀라운 토사까지 나왔으므로, 역적도모는 믿지 않으려야 않을 수가 없이 되었다.

더우기 요로(要路)의 당직자인 정인홍(鄭仁弘)이며 이이첨(李爾瞻) 등이 모두 북인인지라, 문제는 가장 나쁜 편으로 해결을 짓게 되었다.

그날 밤, 몸을 강뚱12)히 차린 나장 나졸의 한 무리는 의금부를 나서서 연흥부원군 김제남의 집으로 향하였다.

역적도모를 한 집안은 멸족을 당하는 법이었다. 김제남의 집안은 씨도 없이 없어지게 되었다.

"여보세요."

"누구야."

밖에서 부르는 소리, 그 소리에 응하여 안에서는 놀라 부르짖는 소리, 이와 같은 순간에 문이 황망히 열리며 무엇이 방안으로 굴러 들어왔다.

정신옹주(貞愼翁主－宣祖大王[선조대왕]의 庶[서]

---

12) 강뚱: [북한어] 짧은 다리를 매우 가볍게 높이 들어 한 번 뛰는 모양

따님) 댁 내실이었다.

옹주의 남편 달성위(達城尉) 서경주는 사랑에 있고, 옹주 혼자서 그때 갓 상류사회에 퍼지기 시작한 담배를 피어 물고 누워, 몸종에게 다리를 치라며 웃칸에서 읽는 고담에 귀를 기울이고 있을 즈음이었다.

밖에서 갑자기 인기척이 나더니, 여인의 황급한 소리로 '여보세요' 한 마디 부른 뒤에는 무엇이 방안으로 뛰쳐 들어왔다.

"무에냐."

옹주는 깜짝 놀라서 화닥닥 일어났다. 그때에 뛰쳐 들어온 여인은 가슴에 품었던 것을 그 자리에 놓으며,

"부원군 댁 되련님이옵니다. 부탁하옵니다."

한 마디 하고 다시 돌아서서 문 밖으로 나가 도망쳐 버렸다.

돌연한 침입자에 사지가 저려졌던 옹주는, '부원군' 한 마디에 귀가 번쩍 띄었다. 뜨이며 정신을 펄떡 차리고 귀를 기울이니, 담 하나 격하여 있는 이웃집(부원군 김제남의 집)에는 무슨 소란이 일어난 모양으

로, 곡성이 울려오며 우지끈 뚝딱, 변이 난 것이 분명하였다.

옹주는 사건의 전면을 직각하였다.

왕과 옹주와는 어머니는 다르나마 아버님을 같이 한 오누이간이었다. 궁중과 부원군 댁과의 새의 델리케잇한 관계를 짐작하는 옹주인지라, 이 밤에 생겨난 이웃집의 소란이 무엇인지 짐작이 갔다.

부원군 댁은 멸족이다. 멸족되는 부원군 댁을, 그래도 씨나마 남겨 두고자 누구(그 집 일가든가 하인이든가)가 그 댁 도련님(난 지 몇 달이 못 된 갓난애였다)을 옹주댁으로 들이친 것이었다.

구해주지.

여자다운 인자스러운 감정 아래서, 옹주는 이 갓난애를 보호해 주기로 결심하였다.

"발설(發說)말아, 아예."

그 방에 있던 하인들에게도 엄명하였다.

바로 그때였다.

"문열어라. 문열어라."

이 달성부(達城府) 대문을 부서져라 하고 밖에서 두

드리기 시작하였다.

나장들일시 분명하였다.

한 갓난애의 거처를 잃어버린 포리들은, 이웃집들을 모두 뒤는 모양이었다.

"어찌하리까."

벌떡 떠는 하인배에게 옹주는,

"내가 알아 하마."

하고 갓난애를 몸소 그 품에 안았다.

대문에서는 나장들과 이 댁 하인들과의 새에 한두 마디 시비가 있은 뒤에는, 대문이 열리고 나장들이 우루루 들어온 모양이었다.

먼저 행랑을 다 뒤지었다. 그 뒤에 사랑을 뒤지었다. 내정까지 들어오려 하였다. 내정까지 들어오련다고 또 시비가 생긴 모양이었다. 그러나 아무리 부마(駙馬)댁이라 할지라도, 역적의 족속이 숨어 있다는 혐의 아래 왕명으로 나장들을 항거할 수가 없었다.

부마궁의 내실까지 금오랑(金吾郞)의 발에 밟히우기 때문에, 억분하여 치를 떨고 있는 옹주며 이 댁 하인들.

댓돌 아래 딱 버티고 서서 내실을 감찰하는 금부 관원들.

여름이었다. 당연히 모시치마를 입었어야 할 옹주였다. 그런데 옹주의 입은 것은 열두 색 무명치마였다. 무명치마도 아침에 입은 것은 아니요, 낮에 입은 것도 아니요, 방금 입은 모양으로, 대림(火斗[화두])발까지도 그대로 남아 있었다. 치마 아래가 유난히 불룩하였다. 금오랑이 의심을 둔 것은 옹주의 치마아래였다.

치마 아래 무엇을 감추었다. 부원군 댁에서 종적을 감춘 그 집 며느리와 손주—. 그 손주는 정녕코 지금 옹주의 치마 아래 숨어 있다.

분명히 있다고 보기는 하였다. 그러나 그런 추측뿐으로 달려들어 치마를 들치고 보기에는, 상대자의 지위가 너무나 떳떳하였다.

옹주. 임금의 누이. 달려들어 치마를 들쳐보아서, 거기에 어린애가 나서기만 하면 문제가 없지만, 헛물을 켜는 날에는 자기의 목이 달아날 것이었다.

분명히 있다 보기는 보았지만, 금오랑은 달려들어 치마 아래를 검분할 용기까지는 없어서, 댓돌 아래 딱 버티고 서서 우러러보기만 하였다.

　갓난애로 지금 혹은 잠들어 가만 있을지는 모르지만, 깨기만 하면 즉시 울어대리라. 치마 아래서 갓난애의 울음소리가 나기만 하면, 그때야 옹주의 권병인들 무슨 용처가 있으랴.

　반 각, 반 각이 일 각이 되도록 그냥 버티고 서 있었다. 그러나 불룩한 치마는 그냥 불룩한 채로 아무 변동도 없었다.

　"야, 다들 갔나부다. 문 닫고 금침 펴라, 졸린다."

　뻔히 자기네가 그냥 있는 것을 굽어보면서도, 옹주가 하인에게 이렇게 분부할 때는 금오랑들도 더 버티고 있을 핑계가 없어서 부마댁을 나왔다.

　금오랑들이 다 물러간 뒤에 옹주는 치맛자락을 고요히 들쳤다. 그 아래서는 김제남 댁의 유일의 혈사인 어린애가 그냥 콜콜 자고 있었다.

　"야, 하늘이 너를 살리셨다. 그동안 네가 깨지 않고 그냥 잤으니, 이것은 하늘이 너를 죽이기 싫어하심이다.”

갓난애를 품에 품어 올릴 때는, 옹주의 얼굴에는 이 너무도 신기하고 기이한 일 때문에 감격된 빛이 역연히 나타나 있었다.

이리하여, 멸족을 당한 김제남의 집안이건만 정통 후사는 끊기지 않았다.

정권(政權)은 완전히 임금과 및 이 이금의 신임하는 북인(北人)에게로 들어왔다.

남, 서(南西)인들은 연하여 멀리함을 받았다.

정권에서 쫓겨난 서인이며 남인들은, 삑삑이 여기 저기로 숨어 다녔다. 이 임금이 그냥 위에 있을 동안은 자기네의 신상에는 다시 꽃필 날이 절대로 없을 것이다. 이(利)를 따르고 권을 좇는 것은 사람의 본능이라, 이와 권에서 쫓겨난 서인이며 남인들은 자기네의 손아귀 안에 다시 권과 이를 잡아넣기 위하여서는, 이 임금을 위해서 내어보낼 필요를 절실히 느꼈다.

이리하여 삑삑이 숨어 다니며 꾀를 꾀한 결과, 이

임금 십오년에 서인(西人) 김류 이귀 등 일파가 군사를 일으켜서 이 임금을 위에서 내어 쫓고 정권을 자기네의 손아귀에 집어넣었다.

이 서인의 일파가 정권을 잡으면서, 북인(北人)의 종자라고는 씨도 없이 없애 버리려고 얼마나 극단의 처치를 하였던지, 북인이라 지칭을 받은 사람들은 모두 죽여 버려서, 겨우 스물여덟 집만이 액화를 면하였다. 후에 이르는 바 북인 이십팔 가(北人二十八家)라는 것이 이것이다.

이렇듯 북인이 참패를 하고 다시 서인이 정권을 잡는 동시에, 그때부터 구년 전 정신옹주의 치마 아래서 겨우 죽음을 면한 이래, 지금껏 행방을 숨겨 가면서 겨우 모진 목숨만 붙여 오던, 연흥부원군 김제남의 후사 소년도, 다시 광명한 일월 아래 머리를 내놓게 되었다. 뿐더러 인목대비의 친정 조카요 옛날 희생된 명가의 유일한 혈손으로서 서인 일파의 환호와 지지 아래서, 이 소년은 다시 귀현의 열(列)에 서게가 되었다.

그로부터 일백육십여 년간, 정권은 오로지 서인들

의 독점한 배 되었다. 때때로 남인이 머리를 끼어본 일이 있지만 이것은 예외요, 서인 홀로써 일백육십 년간을 호화로운 꿈속에 잠겨 살았다.

북인?

겨우 이십팔 가만 남은 북인들은, 낙향을 하여 정권에는 다시 손 대볼 염도 내지를 못하였다.

이러한 가운데서, 광해주 오년 김제남 사건이 일어날 때 이웃집인 달성위 댁에서 옹주의 치맛자락 아래서 겨우 모진 액화를 면한 갓난애의 후손들은 대대로 높은 벼슬을 하였다.

일백육십 년간을 흘러 내려와서 정묘(正廟) 초엽.

때의 정승 김욱(金煜)은 연흥부원군 김제남의 봉사손이었다.

"자. 인젠 바둑은 밀어 놓고 이야기들이나 하지."

"그러세."

여기는 약현(藥峴), 지금으로 이르자면 중림(中林) 동 천주교 예배당이 있는 그쯤이었다.

세칭 약현대신(藥峴大臣)으로 불리는 김욱 상공댁

작은 사랑에는 이 댁 아들 김재찬(金載瓚)을 비롯하여 몇몇 소년 공자들이 놀고 있었다. 아직은 모두 당하관(堂下官)이나마, 원임(原任) 혹은 시임(時任) 대신들의 자제로서 장래의 상위(相位) 한 자리씩은 염려없이 돌아올 집안 자손들이었다.

"이야기 말이 났으니 말이지, 참 이창운(李昌運) 영감이 등단(登壇)을 했다지?"

"흥."

소년 공자들의 얼굴에는 한결같이 조소(嘲笑)의 그림자가 스치고 지나갔다.

"했다나부데."

"등단? 흥."

문신(文臣)으로 상열(相列)에 오르는 것을 대배(大拜)라 일컫고, 무신으로 대장(大將)에 오르는 것을 등단(登壇)이라 한다.

일백육십년 전 북인이 함멸을 당하고 겨우 이십팔가가 남았던 그 한 사람의 후손이 이창운이, 이 서인의 서슬 푸르른 시절에 어영대장(御營大將)에 오른 것이었다.

여기 모인 소년들은 모두 서인의 자제요 문신의 자손이라, 무신 따위는 우습게 보고 북인 따위는 존재도 인정치 않는 소년들이었다.

"흥. 등단이 다 뭐야."

"등단이나 했지 대배야 염엔들 내겠나?"

"등단도 분에 넘치지."

"호반(虎班)자리야 다 차지하라지."

한결같은 조소가 나왔다.

무론 이 소년들에게 대장의 인부를 준다 할지라도, 도로혀13) 싫어할 것이었다. 사내 세상에 나서, 백면의 선비가 될지언정 대장이 되랴 무신(武臣) 따위는 바라지도 않는 소년들이었다.

그러나 북인의 한 사람이 대장의 인부를 띠게 되었다 할 때에, 그들은 약간 불쾌하였다. 저 먹기는 싫어도, 개 주기도 싫은 것이었다.

"여보게, 그런 변변찮은 이야기를 그만두고 다른 이야기들이나 하세."

---

13) 다시 하여

주인격 되는 김재찬이가 말머리를 돌려놓았다.

그런데 그날 저녁으로 놀라운 소식, 소식이라기보다 영(令)이 이 소년 공자 김재찬에게 온 것이었다.

이창운이 등단을 하고서 종사관(從事官)을 뽑는데 김재찬을 지적한 것이었다.

무신이 등단을 하면, 당하문관(堂下文官) 중에서 종사관 한 사람을 지적하여 뽑아간다. 이것을 '자벽(自辟)'이라 한다.

이 대장은 하고많은 당하문관 중에서 김재찬을 종사관으로 지적한 것이었다.

이것은 김재찬이며 김재찬의 아버지 약현대신뿐 아니라, 온 장안을 깜짝 놀라게 하였다.

이 서인의 서슬이 푸르른 시절에, 북인이 등단을 한 것만 하여도 기적이어늘, 등단하여서 자벽을 하려면, 이름 없는 문관 하나를 뽑아갈 것이지, 서인 중에서도 최고 명문댁 사자(嗣子)를 지적하단, 너무도 대담 무모한 짓이요 의표외의 일이라, 온 장안이 깜짝 놀란 것이었다.

이 자벽에 김재찬이 출사(出仕)치 않으면 상관된 도리로서 천하에 얼굴을 들지 못할 수치라, 자결이라도 하여야 할 것이었다. 그렇다고 김재찬이 출사할 듯싶지도 않았다. 만약 출사를 하면 이 또한 서인집 자손으로 정승의 자식으로, 북인 무장의 막하가 된다는 일이라, 연안 김씨 문중의 수치이었다.

태평시대에 배를 두드리고 있던 온 장안은, 이 의외에 던져진 한 개 거파(巨波)에 눈을 휘둥그렇게 하였다.

과연 김재찬은 출사를 하지 않았다. 자벽 지휘를 받은 그날 밤, 재찬은 역시 벗들을 자기집에 불러 가지고 질탕한 놀이만 하였다.

"여보게, 종사관."

친구들이 농담삼아 이렇게 비웃으면 재찬도 역시,

"응, 왜 그러나."

함께 웃어주고 하였다.

이튿날 또 그 이튿날, 어영청에서는 연방 출사하라는 영이 왔다. 그러나 재찬은 모른 체하고 친구들과 모아 가지고 놀기만 하였다.

그런데 제 사흘째 되는 날은 놀라운 보도가 뛰쳐들어왔다.

습진령(習陣令)이 내렸다 하는 것이었다. 진은 동작(銅雀)이었다.

군관의 인솔한 군졸들이 우루루하니 약현대신 댁에 일로 몰려 들어올 때에, 대신은 퇴조하여 마침 사랑에 있을 때였다.

대신은 군관을 앞마당으로 불러들였다. 인제는 단단히 벌어진 일이었다.

이창운이 등단을 하고 자기의 아들을 종사관으로 자벽을 하였다 할 때에, 대신도 속으로는 외람되다 보았다. 자기의 아들이 거기에 응치 않은 것도 잘 알고 있었다. 그러나 내심에 이창운을 아니꼽게 보던 차이라, 아들에게도 톡톡히 이르지도 않았다. 그리고 대신으로도 자기의 가문과 권도를 믿느니만치 이창운이 차마 최후의 수단이야 쓰랴고, 그냥 두었던 것이었다. 그랬는데 뜻밖에도 이창운은 최후의 수단을 쓴 것이었다.

군관을 뜰 아래 불러 놓고, 잠시 눈을 감고 생각하고는 대신은 겨우 눈을 떴다.

"어떻게들 왔느냐."

"다름이 아니오라 종사관 김재찬을 잡아 올리라는 사또의 분부로 왔습니다."

"잡아다가는 군율로 시행할 테지?"

"……"

대신은 잠시를 또 생각하였다.

"응, 대문 밖에 나가서 잠시 기다려라. 종사관을 내보내 주마."

"네이….."

도로 물러가는 군관의 뒷모양을 보면서 대신은 청지기를 불렀다.

"안사랑에 들어가서 서방님 부른다고 여쭈어라."

"네이-."

이윽고 나와서 웃목에 읍하고 서는 아들. 사건의 경과를 벌써 안 모양으로 얼굴이 창백하였다. 아버지는 한참을 아들을 쳐다보다가야 입을 열었다-.

"너 아무리 선비일지라두, 군령을 어기면 어떤 율(律)을 쓰는지는 알지."

아들은 대답이 없었다. 그냥 눈을 아래로 떨어뜨린 채 읍하고 서 있다. 아버지에게 구원하여 달라는 표정만은 분명하였다.

"나도 일국의 대신으로 앉아서 군법을 물시하라고는 할 수가 없어."

"……."

"너 들어가서 가묘(사당)에 하직하고, 어머님과 처자 권속에게도 작별을 하고, 의관 모두 벗어두고 죄인다이 하고 다시 나오너라."

재찬이 들어가서 하직 작별 다 하고, 맨상투 맨저고리 바람으로 나올 때에, 대신은 무슨 편지를 하나 재찬에게 주었다.

"되진 않으리라마는, 사또께 드려나 봐라."

편지를 아들에게 주면서 이렇게 말하였다.

동작리 습진터.

당상에 높이 앉은 이 대장은, 맨상투 바람으로 결박

지고 땅에 꿇어앉아 있는 소년을 굽어보았다.

　재상가의 맏아들로 태어났으리만치, 미우에 교양은 넘쳐 있지만, 그 준수한 얼굴이며 명민한 눈은, 잘 가꾸기만 하면 장차 국가에 큰 기둥이 될 것이다. 자기도 일찌기[14] 이 소년의 비범한 기상을 들었기에 종사관으로 자벽까지 하였던 바였다.

　소년의 등뒤에는 환도를 뽑아 들고 영이 떨어지기만 기다리고 있는 형졸.

　잠시를 말없이 재찬을 굽어본 뒤에야 이 대장은 비로소 입을 열었다―.

　"네 죄를 알지."

　"황공하옵니다."

　"누구를 원망치 말아. 내가 너를 죽이는 게 아니고, 국법이 죽이는 게로다. 마지막 소원이나 있으면 말해 보아라."

　땅 위에 죄인은 결박진 채 몸을 약간 움찔움찔 하였다.

---

14) 일찍이

"무에냐."

죄인은 그냥 몸만 울찔거렸다. 그때 그의 품에 품었던, 아버지 대신의 편지 끝이 옷깃 밖으로 비죽이 나왔다.

대장은 그것을 보았다. 죄인이 움찔거리던 것도 그 때문인 줄 짐작이 갔다.

"그게─ 서간이냐?"

"네이."

"네게 오는?"

"네이."

"야, 그 서간 이리 올려라."

군관이 재찬의 품에서 뽑아다 올리는 약현대신의 서간을, 대장은 받았다.

대장은 고요히 편지를 폈다.

"?"

백간(白簡)이었다. 아무것도 적힌 것이 없었다.

대장은 백간을 펴들고 한참을 들여다보았다. 남보기에는 거기 씌어 있는 세세사정을 다 읽는 듯이.

백간의 뜻은 명료하였다.

일국의 재상으로 앉아서, 군율을 어긴 자기의 자식을 살려달라고는, 도저히 못할 일이었다. 그것은 법을 어기어라 하는 것과 마찬가지로 책임 있는 재상의 할 일이 아니다.

그러나 또한 사지(死地)에 나아가는 아들을 그냥 무심히야 어찌 보내랴.

살려달라고는 할 수 없고 죽는 것을 묵시할 수도 없어서, 아무 사연도 적지 않은 흰 종이를 대장에게 보낸 것이었다.

한참 동안을 빈 종이를 들여다본 뒤에야 대장은 종이를 접어서 치우며 입을 열었다.

"오냐. 대감의 당부도 계시고 하니, 특별히 참(斬)은 면하여 주마, 그 대신 오늘부터 반 년간을 벌번(罰番)을 들렸다."

땅에 꿇어서 칼이 내리기만 기다리고 있던 재찬은, 이 이외의 처분에 안색이 한순간 창백하여졌다.

번(番)이라는 것은, 번갈아 들기 때문에 번이라 한다. 그러나 벌번이 되면 그 기간 동안은 줄곧 대두고 번을 들어야 한다.

번이라 할지라도 군졸의 번과는 달라서, 종사관의 번이라, 밤을 새는 것이 아니고, 영 안에서 밤을 지내기만 하면 그만이다.

벌번의 첫날, 동관(同官)이라 할지라도 무식한 무인(武人)들이라 함께 이야기할 거리도 되지 못하고 하여, 동관들이 놀음들을 하며 좋다고 지껄일 동안, 재찬은 먼저 자리에 들었다.

이리하여 한잠을 풀껏 자고 나니까 군졸이 들어와서 깨운다. 대장이 재찬을 부른다는 것이었다. 그래서 대장댁에서 부르느냐고 불어 보매, 댁이 나니라 벌써 출청하셨다 하는 것이었다.

재찬은 하늘을 쳐다보았다. 사면에 별만 반짝이는 품이, 아직 밝으려면 한참을 더 있어야 할 것이었다.

"지금이 어느 때쯤이나 되느냐."

"축시(丑時) 조금 지나겠읍니다."

재찬이 의관을 쓰다듬고 대장에게로 가니까 대장은 기다리고 있었다.

"응, 이리 가까이 오게."

"……"

지위가 현격히 다르니만치, 아무리 가까이 오라 하나 가까이 갈 수가 없었다. 재찬은 그냥 읍하고 서 있었다.

"자, 이리 가까이 와."

서너 차례를 불리우고야 재찬은 가까이로 내려갔다.

대장은 다른 말이 없었다. 품에서 무슨 종이를 꺼내었다. 쭉 펴는데 보니까, 사면 한 간은 넘을 만한 커다란 지도(地圖)였다.

"여기 와서 앉게."

재찬은 무슨 영문인지 몰랐다. 수삼차 불리고, 그 앞에 앉았다.

대장은 재찬을 곁에 앉히고 지도를 펴놓은 뒤에, 재찬에게 설명을 하기 시작하였다.

황평(黃平) 양도(兩道)의 지도.

여기서 여기까지가 몇 리(里)인데 그 가운데는 주막집이 몇 군데 있고, 이 장거리에서 저 고을까지는 이 길로 가면 몇 리로 지름길로 가면 몇 리며, 어느 장거리에는 장날마다 모여드는 나락이 대개 몇 석이 되며, 어느 촌락에는 군사 몇 명이 가서 얼마 동안을 지낼 만한 군량을 거둘 수 있으며, 어느 재는 높이가 얼마로서 넘기가 어뗘할 것이며, 어느 산은 휘돌자면 며칠이 걸리고 넘자면 며칠이 걸리는데, 군사 몇 명 이내면 넘는 편이 쉽고 몇명 이상이면 휘도는 편이 낫고….

아침해가 꽤 높이 오르기까지, 이 대장은 재찬을 앞에 앉히고 이것을 아르켰다.

그로부터 반 년간, 이 대장은 축시(丑時)가 조금 지나면 꼭 어김없이 나왔다. 그리고는 재찬을 불러 놓고 황평 양도의 지리 풍속 산물을, 그야말로 세미한 점까지 하나도 빼지 않고 가르쳤다.

처음 며칠은 귀찮기도 하였지만, 차차 재찬도 탄복하였다.

선성(先聖)의 말씀에나 깊은 뜻이 잇고, 연구할 가치가 있는 것으로 여겼더니 아주 평범한 지리 산물 등도 연구하자면 끝이 없는 것이구나. 얼마나 연구하고 얼마나 생각하였기에 황평 양도의 좁지 않은 지역을 이다지도 골골히 다 알게 되었누.

한창 정신 좋은 나이였다. 게다가 새벽 정신이 드는 그 시각에 하루도 건너지 않고 배운 바였다.

벌번(罰番) 반 년, 반 년 뒤에는(아직 가보지도 못한 황평 양도거니와) 재찬은 눈만 감으면 황해도의 맨 앞부리로 비롯하여, 평안도의 맨 뒷부리까지가 서언히 눈앞을 보이고, 한 채의 집 한 그루의 고목까지라도 모두 볼 수가 있게끔 되었다.

이리하여 벌번 반 년도 끝난 그 마지막 날이었다.

이 대장은 재찬을 앞에 앉히고 감개무량한 듯이 이런 말을 하였다.

이 대장은 남들이 보는 것과 조금 다른 눈으로 시국을 보았다.

─지금 대국(大國, 즉 淸國[청국])에는 꽤 깊이 침입된 천주학(天主學)을 관찰하여 보았다. 결코 정녕코 천주학과 동방예의지국과의 새에 한 개 분규가 날 것으로 보았다. 일어난다면 싸움의 무대는 당연히 황평 양도로 볼 것이다.

자기가 대장으로 있는 동안에 사건이 전개되면, 자

기 스스로 담당할 것이지만 자기 없는 뒤에 폭발되면 거기 당국할 만한 인재는?

이 대장은 당연히 순서로서 먼저 무신(武臣)들 중에서 장래 큰 기둥이 될 만한 사람을 물색하여 보았다. 그러나 불행히 한 사람도 그럼직한 사람이 없었다.

그러면?

무신이 그럴 만한 인물이 없으면 문신 가운데서라도 골라야 하겠는데, 문신 가운데서 고르자면 여러 가지의 조건이 붙는다. 인재(人材)도 인재려니와 그 집안 문벌(門閥)을 보지 않을 수 없다.

문신으로서 벙어사든가 순무사를 삼을 수는 없는 바요, 문신이 난리에 맡을 벼슬은 체찰사(體察使)인데 체찰사는 정승 가운데서 뽑는 것이요 정승은 명문집 자질이고야 된다.

이리하여 이 대장은 명문집 자제 가운데서 고르고 고른 결과, 종사관으로서 김욱 상공의 사자 김재찬을 골라낸 것이었다.

이 이 대장의 이야기를 다 들은 뒤에 재찬은 감격하여 잠시는 머리를 들지도 못하였다.

그 뒤에 김재찬은 종사관 재직도 끝나고 수삼 곳 방백살이를 한 뒤에, 내직으로 들어가 정경(正卿)에 오르고, 정조(正祖)조를 지나서 순조(純祖)조에 들어서는 드디어 배상(拜相)을 하였다. 이 새 대신의 아버지 김욱 상공은 정조 말엽(末葉)에 세상을 떠났다.

　우상에서 다시 좌상으로, 이리하여 재찬이 좌상의 위에 있을 때였다.

　어떤 날, 어떤 시골 노인 하나이 김 대신을 찾아왔다.

　사랑에는 문객 겸인의 무리가 그득히 차 있을 때였다. 그 늙은이는 영외에 읍하고 섰다.

　"소인 문안드리오."

　"?"

　누구일까. 꽤 희뜩희뜩한 머리며, 많은 고생 때문에 얼굴 전면에 생긴 주름살로 보아서는, 알 길이 없지만, 어딘지 막연히 낯익은 점이 있었다. 대신은 누군가 판단하려는 듯이 위아래를 연하여 훑어보았다.

　"생각이 잘 안 나는데, 누구더라."

"네이. 그러실 것이올시다. 대감과 동문수학하온, 평안도 우군 측(禹君則)이올시다."

"오오!"

하마터면 벌떡 일어설 뻔하였다. 너무도 반가웠다. 반가웠다기보다 너무도 뜻밖이었다.

"이게 웬일인가. 어서 들어오게."

감감한 그 옛날 한 스승의 아래서 업을 닦던 학우(學友)였다. 한 스승의 아래서 학업을 닦던 적지 않은 학우들 중에, 당년의 소년 공자인 김재찬에게 온갖 방면으로 경쟁자이던 자가 우군 측이었다. 뿐만 아이라, 경쟁에 있어서 열이면 여덟은 우군 측이 승하였다.

그만치 쉽지 않은 천품을 타고난 우군 측이었건만, 그 스승의 문하를 떠나서는 어찌 되었나. 한편은 그 가벌(家閥)의 덕으로, 오르고 올라서, 지금은 좌상(左相)이요 눈앞에 영상(領相)의 위가 걸려 있거늘, 다른 한편 쪽은 일생을 유전에 또 유전으로 지금껏 때국 흐르는 도포에 찌그러진 갓 하나를 튀켜 쓰고, 인생의 거친 길을 비츨거리며 걸어왔구나.

"자. 어서 들어오게. 그새 어떻게나 지냈나."

"죽지 않으니 살아 왔읍니다."

"여보게. 우… 우…."

무엇이라 부를지 몰랐다.

"자. 들어오게."

"천만의 말씀이올시다."

그럴 것이다. 아무리 동문수학한 새라 할지라도, 한편은 일국의 대신이요,

한편은 이름 없는 선비, 어찌 감히 영내로 들어오랴.

"자, 정자(亭子)로 나가지."

대신은 거기 있는 문객 겸인들을 모두 그냥 버려두고, 우군 측과 함께 정자로 돌아갔다.

"파탈하고 노세. 이야기라도 하세. 어려서 보고, 늙어서 다시 만났네그려."

파탈하자 파탈하자 하지만 좀체 파탈이 되지 않았다. 대신은 얼마만치 가슴이 도로혀 송구하였다. 일찌기 어린 시절에는, 학업으로 도로혀 자기를 누르던 수재(秀才). 지금은 그 지위가 전도되기도 너무 과하였다.

그 날 술기운도 들어가고, 대신도 할 수 있는껏 파탈하려고 애를 써서, 군 측의 마음도 얼마간 펴진 뒤에, 군 측의 입에서 나온 말은 이런 것이었다―.

　"여보게 대감. 평안감사에게 수서(手書)를 하나 써 주게."

　"무슨?"

　"환곡미(還穀米) 오천 석만 내게 잠깐 돌려주라는 편지 하나만 써 주게. 그렇게 하면, 나는 그것을 돌려 취리(取利)를 해서, 일년간에 오천 석은 도로 갚고, 그간 남긴 것은 그래도 이 늙은 입을 굶기지는 안겠구면."

　"갚기야 한다면야 그것쯤 못하겠나. 내게 손해 없구. 생색 나구, 친구 하나 살리구, 자네가 갚지 않는다면 내가 갚긴들 못하겠나. 그렇게 하세."

　"그럼 하나 써 주게."

　이리하여 우군 측은 김재찬에게서 평안감사에게로 보내는 편지 한 장을 받아 가지고, 치사하고 치사하며 대신댁을 하직하였다.

　그날 밤 자리에 든 대신은, 좀체 잠을 이루지 못하

였다. 이 나라의 제도(制度)상의 커다란 결함이 새삼스러이 느껴졌다.

지금 조정을 둘러보건대, 과연 어중이떠중이들이 단지 그 집안의 문벌 때문에 금관자(金貫子)니 환옥(還玉)관자니 하고 높은 수레에 올라서 장안을 활보하고 있다.

그러한 한편에는, 단지 양반의 집안에 태어나지 못하였다는 죄로, 아까운 재질을 품고도 헛된 일생을 보내다가 그냥 묻혀 버리는 사람이 얼마나 많으랴.

더우기 이 나라의 제도는, 평안도 사람을 등용하지 않는다. 평안도 사람이라면 상통천문 하달지리 어떠한 기재(奇才)이든 간에 절대로 높이 써주지 않는다.

여기 불만이 생겨나지 않을까. 불만이 쌓이면 폭발될 날이 있지 않을까?

옛날, 대신 자신의 집안 조상 연흥부원군 김제남이 죽은 사건은, 어떻게 일어났던가, 그것은 이 나라의 제도상, 서자(庶子)면 제아무리 날고 기는 재간이 있을지라도 높이 안 써주는 불만에서 박응서 서양갑 등 서자의 무리가 반항적 행동을 위한 데 얽히고 들어, 액화를 보지 않았던가.

서자를 써주지 않는다는 데서도 그런 변란이 일어났거늘, 한 지역(地域) 평안도 사람이면 그저 써주지 않는다면, 그런 제도가 끝끝내 서 나아갈까.

더우기 평안도 사람의 괄괄한 성미로서.

은인(恩人) 이창운 대장이 황평 양도의 지리를 자기에게 가르쳐줄 때 말에는 외국에 방비함이라 하였다. 그러나 외국도 외국이려니와 평안도라 하는 지역을 삼가는 마음에서 그리 한 것은 아니었을까.

천 가지 만 가지의 생각이 뒤섞이어 나와서, 대신은 밤새도록 전전불매하였다.

순조(純祖) 십일년 섣달.

설 준비라 새해맞이 준비에 눈코 뜰 새 없는 이 장안에, 놀라운 소실이 뛰쳐 들어왔다.

평안도 사람 홍경래(洪景來)가 가산(嘉山)에서 반란을 일으켰다 하는 것이었다.

삼백 년간 쌓이고 쌓였던 분만과 불만이었다. 평안도인은 모두 경래의 산하로 모여들었다. 정주, 곽산,

삽시간에 함락되고 사면에서 홍 장군 환호성이 우레같이 일어났다.

조정에서는 깜짝 놀랐다. 단지 가벌의 덕으로 벼슬깨나 얻어 하고, 공자맹자나 외울 줄 알던 재신들에게는 의외의 일이었다.

이러한 변란에 직면하여 대신들 가운데 군사에 정통한 사람은, 오직 좌의정 김재찬뿐이었다. 김재찬의 의견으로 장신(將臣) 이요헌(李堯憲)으로 순무사를 삼아 토벌군을 떠나보냈다.

동시에 김재찬은 영의정 도체찰사(領議政都體察使)를 배수하였다.

온 문무 재상들이 깜짝 놀란 것은, 수상 갬재찬이 황평 양도의 지리를 그야말로 그 근처의 사람보다도 더 밝히 아는 점이었다.

도체찰사로서 토벌군을 지휘함에 있어서, 어느 주막거리 어느 동네에서는 군량 얼마를 징수할 수 있으리라는 그 지휘까지, 여합부절히 맞을 때에, 토벌군의 장졸은 도체찰사의 귀신같은 지혜에 놀라는 동시에 이런 제찰사의 지휘아래서 행동을 하는지라 반드시 이기리라는 굳은 신념으로써 행동하였다.

도체찰사로서 마음에 송구한 것은 우군 측(禹君則)의 사건이었다.

우군 측이 평안감사에게 환곡미 오천 석을 돌려간 지 얼마 되지 않아서, 홍경래의 난리가 일어났다. 동시에 홍경래의 참모(參謀)는 우군 측이라는 보도도 이르렀다. 그러면 그 오천 석은 반군의 군량이 됨이 분명하였다.

말하자면 재상이 반군의 군량 오천 석을 마련하여 준 셈이 되었다.

이것이 만약 깐땃15) 뒤집혀 잡히기만 하면, 역당의 일인으로 몰리기가 쉽상팔구16)일 것이다.

이 난리 평성에, 도체찰사의 귀신과 같이 밝은 지휘가 커다란 효력을 나타내지 못하였으면, 김재찬은 반드시 역당의 군량을 뒤대어 주었다는 혐의로 벌을 받지 않을 수가 없었을 것이다. 그의 너무도 놀라운

---

15) 까딱. 자칫
16) 십중팔구

지식으로써 역당을 평정하였으니만치, 그를 의심할 여지가 없었다.

그리고 만약 이 난리에 있어서 도체찰사의 놀라운 지휘만 없었다면, 이 세상은 반드시 한번 뒤집히었을 것이었다. 평안도 사람의 괄괄한 성미로써, 일시에 일어나고 향응하였던 홍경래군은, 넉넉히 조선천지(문약하고 우매한)를 한번 뒤집어 놓았을 것이다.

도체찰사의 귀신같은 지휘와 온 국력을 다하여서도 반 년간을 끄을다가야 겨우 평정이 되었다.

논공행상을 한 날 저녁, 집으로 돌아온 영상 김재찬은 눈시울을 흐르는 까닭모를 눈물을 금할 수가 없었다.

홍령래며 우군 측을 긇다 할 수 없었다. 자기도 그런 입장에 있으면 그런 행동을 취하지 않으리라고 보증할 수 없었다. 이 나라에 제도가 고약하기 때문에 이런 일이 생겨나는 것이다.

감사하고 또 감사한 것은 은인 이창운 대장이었다.

이 대장께 벌번 반 년간을 들면서 배운 지식만 없었

더면, 오늘날 이 국가의 평화는 다시 얻지 못하였을 것이다. 십중팔구는 홍씨라는 임금이 서고 평양이 서울이 되고 국호는 고려 혹은 고구려 쯤으로 되었을 것이다.

다시 돌아온 평화—이것은 전혀 고 이 대장의 덕이다. 이 대장은 혹은 전혀 다른 견해 아래서 자기에게 그런 지식을 전수하였는지 모르지만, 국가에 유익하게 사용되기는 마찬가지로, 다시 평화와 조선 왕국을 회복한 것은 전혀 이 대장의 덕이다.

눈 좌우편으로 흐르는 눈물을 씻을 생각도 않고 멍하니 앉아 있는 늙은 대신—.

황혼의 해는 차차 서편 산 뒤로 기울어지려는 때….

(『야담(野談)』, 1936.12)

벗기운 대금업자

"여보, 주인."

하는 소리에 전당국 주인 삼덕이는 젓가락을 놓고 이편 방으로 나왔습니다. 거기는 험상스럽게 생긴 노동자 한 명이, 무슨 커다란 보퉁이를 하나 끼고 서 있었습니다.

"이것 맡고, 1원만 주우."

"그게 뭐요?"

"내 양복이오. 아직 멀쩡한 새 양복이오."

삼덕이는 보를 받아서 풀어보았습니다. 양복? 사실, 양복이라고 밖에는 명명할 수 없는 물건이었습니다. 걸레라 하기에는, 너무 무거웠습니다. 옷감이라기에는 벌써 가공을 한 물건이었습니다. 그것은, 낡은 스카치 양복인데, 본시는 검은빛이었던 것 같으나 벌써 흰빛에 가깝게 되었으며, 전체가 속실이 보이며 팔굽과 무릎은 커다란 구멍이 뚫린, 걸레에 가까운 양복이었습니다. 그리고 아무리 높이 보아도, 20전짜리 이상은 못 될 것이었습니다.

그러나 의리상 삼덕이는 그것을 뒤적여서 안을 보았습니다. 안은 벌써 다 찢어져 없어졌으며, 주머니만 세 개가 늘어져 있었습니다. 이것을 어이없이 잠깐 들여다본 삼덕이는, 그 양복을 다시 싸면서 머리를 흔들었습니다.

"저, 다른 집으로 가지고 가보시지요."

"뭐요?"

"다른……."

말을 시작하다가 삼덕이는 중도에 끊어버렸습니다. 그 손님의 험상궂은 눈이 갑자기 더 빛나기 시작한 때문이었습니다. 손님은 툇마루에 쿵 소리를 내며 걸터앉았습니다.

"여보, 그래 이 집은 전당국이 아니란 말이오?"

"네, 저, 전당국은 전당국이외다만……."

"그럼, 내 양복이 1원짜리가 못 된단 말이오?"

"못 될 리가 있습니까."

"그럼, 왜 말이 많아. 아, 그래……."

"가, 가, 가만 계세요. 누가 안 드리겠답니까. 혹은 다른 집에 가면 더 낼 집이 있을까 하고 그랬지요. 드리다 뿐이겠습니까. 기다리십쇼, 곧 내다드릴게."

삼덕이는 그 자리를 피하여 이편으로 와서 손철궤를 열어보았습니다. 그 속에는 단 23전!

"네, 곧 드리지요."

그는 손님에게 다시 한 번 허리를 굽혀보고 안방으로 들어왔습니다.

"여보, 마누라. 돈 80전만 없소?"

"돈이 웬 돈? 무엇에 쓸려우?"

"누가 양복을 잡히러 왔는데, 20전밖에 없구려. 있으면 좀 주."

"없대도 그런다. 한데, 대체 1원짜리는 되우?"

"되게 말이지."

"정말이오? 당신이 1원짜리라고 잡은 건, 30전짜리가 되는 걸 못 봤구려."

"잔말 말고, 그럼 나가보구려. 그리고, 1원짜리가 못 되겠거든 손님을 보내구려."

"내 나가보지. 웬걸 1원짜리가 되리."

아내는 혼잣말같이 이렇게 보태어가면서, 가겟방으로 나갔습니다. 그러나 3초가 지나지 못하여 아내도 뛰어들어왔습니다.

"여보, 얼른 1원 줘서 보냅시다."

"1원짜리가 되겠습니까?"

"되겠기에 말이지. 또 안 되면 할 수 있소? 당신이 이미 작정한 이상에야……."

하면서 아내는 치맛자락을 들고 주머니를 뒤적이다가,

"60전밖에 없구려. 80전에는 안 될까?"

하면서 남편의 얼굴을 쳐다보았습니다.

"글쎄, 내가 1원으로 작정하고, 이제 뭐라고 다시 깎겠소. 당신 나가보구려."

"망측해, 주인이 작정한 걸 여편네가 또 뭐라구 깎는단 말이오? 그러나 20전이 있어야지."

"철수에게 없을까?"

"글쎄."

이리하여 그들의 아들 철수에게 교과서 사라고 주었던 돈까지 도로 얼러서 거두어, 10분이 남아 지나서야 동전 각전 합하여 1원이란 돈을 쥐고, 절럭절럭하면서 손을 부비며 가게로 나왔습니다.

"참, 너무 오래 기다리셔서…… 돈을 은행에 찾으러 보내느라고……. 한데 주소는 어디세요?"

"표지는 일없소. 당신 마음대로 오늘로라두 남겨서 팔우."

하고 손님은 돈을 받아 쥔 뒤에, 한번 기지개를 하고 나가버렸습니다. 그 뒷모양을 바라보면서 삼덕이는 기운 없이 한숨을 쉬었습니다.

"오늘도, 또 1원 손해났다."

삼덕이가 여기서 전당국을 시작한 것은 벌써 5년 전이었습니다. 시골 농가의 둘째 아들로 태어난 그는, 집 한 채 밑천과 그 밖에 장사 밑천으로 1,000원이라는 돈을 가지고 서울로 올라와서, 이리저리 자기가 이제 해나갈 영업을 구하다가 마침내 이 세민17)촌(細民村)에 전당국을 시작하기로 한 것이었습니다.

그의 머리가 생각되는껏 생각하고, 몇 번을 주판을 놓아본 결과, 그중 안전하고 밑질 근심이 없는 영업이 이 전당국이었습니다. 그것도 많은 밑전이면 모르거니와, 단 1,000원으로 전당국을 서울에서 시작하려면 이런 세민촌 자리를 잡지 않을 수가 없었습니다. 5전짜리부터 2원짜리까지, 이러한 표준 아래서 그는 영업을 시작하였습니다.

그러나 1년 뒤에 결산해본 결과, 그는 뜻밖에도 200여 원이라는 손해를 보았습니다. 3년 뒤에는 그의 밑천 1,000원은 다 없어지고 집조차 어떤 음험한 고리대금업자의 손에 저당으로 들어갔습니다. 4년째는 제2 저당, 지금은 제3 저당…… 이렇듯 나날이 다달이 밑천은 줄어들어가는 반비례 유질품(流質品)은 묏더미같이 쌓였습니다. 그리고 또 그 유질품이란 것이 어찌된 셈인지, 처분할 때마다 그는 그 원금의 3분의 1밖에 거두지를 못하였습니다.

비교적 마음이 순진하리라 생각하였던 세민굴의

---

17) 영세민

사람들은, 그의 상상 이상으로 영리하였습니다. 그들은 전당국을 속이기에 온갖 수단을 다 썼습니다.

어떤 때에는 사내가 와서 눈을 부릅뜨고 전당을 잡혀갔습니다. 어떤 때에는 여편네를 보내어 눈물을 흘려가면서 애원하였습니다. 사내의 호통에는, 삼덕이는 물건을 검사해볼 여유도 없이, 질겁하여 달라는 대로 주었습니다.

여편네의 눈물에는, 그는 때때로 달라는 이상의 돈까지 주어 보냈습니다.

사흘 뒤에는 꼭 도로 찾아간다. 혹은 이것은 우리 집안에 대대로 물려 내려오는 물건이다. 이런 말을 모두 그대로 믿은 바는 아니었지만, 그리고 한 가지의 일을 겪을 때마다 이 뒤에는 마음을 굳게 먹으리라고 단단히 결심을 하지만, 급기야 그런 일을 만나기만 하면 그는 또다시 약한 사람이 되고 하였습니다.

이리하여 5개년 동안을, 그 부근의 세민들에게 착취를 당한 그는, 지금 쓰고 있는 이 집조차 얼마 후에는 공매를 당하게 된 가련한 경우에 빠지게 되었습니다.

그 1원짜리 양복을 잡은 이튿날 삼덕이는 유질된 몇 가지의 물건을 커다란 보자기에 싸서 지고, 늘 거래하는 고물상을 찾아갔습니다.

"이것 또 좀 사주."

그는 가게에 짐을 벗어놓고 땀을 씻었습니다. 고물상은 솜씨 익은 태도로 보를 풀어헤치고 물건을 하나씩 보기 시작하였습니다.

"아이구, 이게 뭐요. 고무신, 합비, 깨진 바가지, 학생 외투…… 가만, 이 학생 외투는 그다지 낡지 않았군. 구두, 모자, 이불…… 김 주사 가지고 오는 물건은 하나도 변변한 게 없어."

"좌우간, 잘 값을 해서 주구려."

"잘해야 그렇지. 대체, 원금이 얼마나 든 게요?"

"원금이라?"

삼덕이는 주머니를 뒤적여서 종잇조각을 하나 꺼냈습니다.

"원금이, 27원 80전이 든 겐데……."

"내일 또 만납시다. 김 주사도 농담을 할 줄 알거든."

"대체 얼마나 줄 테요?"

고물상은 주판을 끌어당겼습니다.

"그 학생 외투는 이것."

하면서 2원이라고 주판을 놓았습니다. 그리고 한 가지 물건을 옮겨놓을 때마다 20전, 혹은 40전씩 가하여 나가서, 마지막에 10원 23전이라 하는 숫자가 나타났습니다.

"10원 23전, 에라, 김 주사 낯을 봐서, 10원 50전만 드리지."

"15원만 주구려."

"어림없는 말씀 마오. 15원을 드렸다는 내가 패가하게. 값은 이 이상 더 놓을 수가 없으니깐, 마음에 안 맞거든 이다음에나 다시 만납시다."

"그러니, 내가 억울하지 않소? 원금만 해도 27전 각수(角數)가 든 걸 단 10원이 뭐요."

"그거야, 김 주사가 잘못 잡은 걸 뉘 탓할 게 있소."

"그렇지만, 조금만 더 놓구려."

"여러 말씀 할 것 없이, 다른 집에 한 바퀴 돌아보구려. 나보담 동전 한 푼이라도 더 놓는 놈이 있다면,

내 모가질 드리리다. 원, 특별히 놔드려두……."

삼덕이는 기다랗게 한숨을 쉬었습니다. 그리고 얼굴이 별하게 싱거워지면서, 다시 보를 싸가지고 그 집을 나왔습니다.

그러나 두 시간쯤 뒤에 그는 다시 그 집에 들어갔습니다. 그리고 그 집에서 나올 때에는, 아까 들어갈 때 지고 있던 짐은 없어졌으며 그 대신 그의 주머니 속에는 10원 50전이라는 돈이 들어 있었습니다.

어떤 날, 삼덕이가 가게에 앉았을 때에 어떤 아이 업은 여인이 들어왔습니다.

"응, 울지 말아, 울지 말아. 이것 좀 보시고, 얼마든 주세요."

여인은 업은 아이를 어르며, 무슨 보퉁이를 하나 내놓았습니다. 그 속에는 낡은 합비 하나와 고무신 한 켤레가 있었습니다.

"얼마나 쓰시려우?"

"오, 십, 전, 만."

여인은, 말을 채 마치지를 못하였습니다.

"50전? 5전 말씀이지요? 두 냥 반."

"아냐요. 스물닷 냥 말씀예요. 부끄러운 말씀이외다만, 애 아버지가 공장에서 손을 다치셔서, 보름째 일을 못하는데…… 저흰 요 앞에 삽니다……

그런데 약값 쌀값에, 그사이 모았던 건 다 없이하구, 어쩔 도리가 있습니까. 그래서 나리께나 사정을 해볼까 하고 왔는데, 물건을 보시고 주시는 게 아니라, 사람 한 식구 살리는 줄 알고 주세요. 애 아버지가 공장에 다니게만 되면, 그날로 찾아갈 테니, 한 식구 살리는 줄 아시구……."

아직껏 우두커니 여인의 웅변을 듣고 있던 삼덕이는 핵 돌아앉아 버렸습니다.

"그러나, 이걸로야 50전이 되겠소?"

"그저, 사람 살리는 줄 아시고……."

삼덕이는 증오에 불붙는 눈을 여인의 얼굴에 부었습니다. 그리고 성가신 듯이 50전짜리 은전을 한 닢 꺼내어 던져주었습니다. 여인은 이 은혜는 죽어도 잊지 못하겠다고 뇌면서 나갔습니다.

지금 그 여인의 하소연의 열의 아홉은 거짓말임을

삼덕이는 번히 알고 있었습니다. 그러나 급기야 그런 일을 닥치면 또한 거절할 말을 발견할 만한 재능을 가지고 있지 못한 삼덕이었습니다.

가을이 되었습니다.

어떤 날, 문이 기운 세게 열리며, 학생 한 사람이 쑥 들어섰습니다.

"이것 내주우."

삼덕이는 학생이 내놓는 표지를 받아서 보았습니다. 그것은 벌써 두 달 전에 유질되어 고물상에 2원에 팔아버린, 그 학생 외투의 표지였습니다.

"이건, 벌써 유질됐습니다."

"유질이란? 지금이 입을 철이 아니오?"

"철은 여하튼 기한이 두 달 전인 것은 아시겠지요?"

"여보, 두 달 전이면 아직 더울 때가 아니오? 더울 때 외투 입는 미친놈이 어디 있단 말이오? 지금이 외투 철이길래 찾으러 왔는데, 유질이 무슨 당치 않은 소리요?"

"그럼, 왜 기한에 이자라도 안 물었소?"

"흥, 별소릴 다하네. 난 학생이야, 이놈의 집에선

학생도 몰라보나? 봅시다, 흥! 흥!"

학생은 두어 번 코웃음을 친 뒤에 나갔습니다.

이튿날, 삼덕이는 호출로 말미암아 경찰서 인사 상담계에 가게 되었습니다.

"자네가 학생 외투를 전당 잡았다가 팔아먹었나?"

"네."

"왜 팔아먹어."

"기한이 넘어도 아무 말도 없고, 그러기에 그만……."

"기한 기한 하니, 그래 자네는 기한을 먹고사나? 여느 사람과 달라서 학생은 학비 문제로 늘 곤란을 받는 사람들이니깐, 외투 절기까지나 기다려보고 팔게지. 기한이 지났다고 그 이튿날로 팔아버리는 건, 너무 대금업자 곤조(근성)가 아니냐 말이야."

"지당하신 말씀이올시다."

"지당만 하면 될 줄 아나?"

"황송하옵니다."

"못난 녀석! 지당하다, 황송하다, 누가 자네한테 그런 소릴 듣자고 예까지 부른 줄 아나. 그래, 어찌하겠느냐 말이야?"

"그저 처분만 해주십쇼. 처분대로 합지요."

"그 외투를 어디다가 팔았어?"

"○○정 ○○고물상이올시다."

"아직, 그 집에 있겠지?"

"아마 있겠습지요."

"얼마에 잡어서, 얼마에 팔았나?"

"1원 90전에 잡어서 2원에 팔았습니다."

"그럼 내 말을 들어."

"네."

"그 학생은, 그사이 여섯 달 이자까지 갚겠다니깐 아마 2원 50전이야 주겠지. 그 돈으로 그 고물상에 가서, 그 외투를 다시 사서, 학생을 도로 내주란 말이야."

"처분대로 합지요."

"오늘 저녁 안으로 도로 외투를 물러오지 않으면 잡아 가둘 테야."

"네, 황송하옵니다."

이리하여 땀을 우쩍 빼고 그는 경찰서를 나왔습니다.

그날 오후, 그는 그 고물상과 한 시간 남아를 담판하고 애걸한 결과, 그 외투를 겨우 3원이라는 값에 도로 사기로 하였습니다. 그리고 원금 20여 원어치 유질품을 지고 가서, 그 외투와 현금 14원 각수[18]를 찾아가지고 집으로 돌아왔습니다.

이튿날, ○○신문 잡보란에 '사집행한 전당업자'라는 제목 아래 이런 기사가 났습니다.

시내 ○○정 ○○번지에서 전당업을 하는 김상덕(37)은 어떤 학생에게 사소한 금전을 대부하였던 것을 기화로, 그 학생의 외투 70여 원짜리를 사집행하였던 일이 피해자의 고소로 탄로되어 ○○서에 인치되어 엄중한 취조를 받았다더라.

이 기사를 보고도 삼덕이는 성도 못 냈습니다. 너무 온갖 걱정과 고생에 시달린 그는, 지금은 모든 일을

---

18) 角數: 돈을 원이나 환 단위로 셀 때, 그 단위 아래에 남는 몇 전이나 멸십 전을 이르는 말

되는 대로 내버려두자는 커다란 철리를 깨달은 때문이었습니다.

겨울이 이르렀습니다.

인제는 밑천이 없어서 새로 잡을 물건을 잡지를 못하고, 유질품은 거의 처분해버린 그의 전당국은 마치 빈집과 같았습니다.

그는 아내의 얼굴을 보지 않으려 하였습니다. 아내는 그의 얼굴을 안 보려 하였습니다. 서로 만나면 걱정을 안 할 수 없고, 걱정해야 활로를 발견할 수 없는 그들은 서로 얼굴을 보지 않는 것으로 얼마의 근심이라도 덜어졌거니 하였습니다.

어떻게 마주 앉을 기회가 생길지라도 그들은 서로 말을 하기를 피하려 하였습니다. 그러나 정 무거운 가슴을 참을 수가 없으면 먼저 한숨을 쉽니다.

"여보, 어쩌려우?"

아내가 먼저 남편을 찾습니다.

"내니 알겠소? 설마 사람이 굶어야 죽으리."

"에이, 딱해!"

아내는 팔을 오들오들 떱니다. 그러면 귀찮은 듯이, 못 본 체하고 한참 위만 쳐다보고 있던 남편은 허허허 하니 너털웃음을 웃으며 번뜻 자빠져버립니다.

이것이 이즈음의 그들의 살림이었습니다.

음력 섣달이 거진 가서 그들의 집은 마침내 공매를 당하였습니다.

그 삼사 일 뒤에, ○○신문에는 커다랗게 이런 기사가 났습니다.

연말이 가까워오면서 채귀에게 시달리는 여러 가지의 비극이 많이 일어나는 가운데, 채귀가 채귀에게 시달려서 유랑의 길을 떠나게 된 사건이 있어서 일부 사회의 이야깃거리가 되었으니 그 자세한 내용을 듣건대, 시내 ○○번지에서 전당국을 경영하던 김상덕은 본시 ○○ 출생으로 ○○정의 빈민굴 가운데 전당국을 개업하고 온갖 포학한 일을 다하여 무산자의 피를 빨아서 호화로운 생활을 하고 있었는데, 그 호화로움이 과하여 마지막에는 그사이 모았던 재산 전부를 화류계에 낭비하고도 부족하여 무산자의 입질물(入質物)까지 임의로 처분하여 많은 말썽을 일으키던 가운데, 마침내 인과응보로서 거(去) 27일에 재산 전부를 다른 채권자에게 차압 공매된 바 되어 마침내 유랑의 길을 떠났다는데, 일부 사회에서는 그것을 몹시 통쾌히 여긴다더라.

그로부터 한 달, 각 직업소개소며 공장으로, 집안의 몇 식구를 행여나 살려볼 방도가 생길까 하고 삼덕이는 눈이 벌겋게 되어 돌아다녔습니다. 그러나 말세에 태어난 슬픔을 맛본 뿐, 한가지의 직업도 그를 받아주지 않았습니다.

이리하여 또 한 달이 지난 뒤에, 위로는 채권자에게 아래로는 프롤레타리아에게 여지없이 착취를 당한 이 소시민의 한 사람은(그들과 같은 계급의 사람들이 같은 경로를 밟아서 행한 일의 뒤를 좇아서), 마침내 온 가족을 거느리고, 사랑하는 고국을 등지고 만주를 향하여 유랑의 길을 떠났습니다.

분토[19)

(몇 해 전 某誌[모지]의 부탁으로 그 誌上[지상]에 연재하려고 쓰려다가, 총독부 당국의 금지로 뜻을 이루지 못했던 이야기다. 지금 좋은 기회를 얻어 다시 착수하게 된 것은 오직 작가인 나 한 사람의 기쁨만이 아닐 것이다.)

出發[출발]

1

"오늘두 신발 한 켤레만 밑지었군."
제 발을 들어 보았다.
지푸라기가 모두 헤어져서 사면으론 수염을 보이

---

19) 糞土.

는 짚신-.

"신발 서른 뭇을 허비했으니 벌써 삼백 일인가. 그 동안의 소득은 단 두 뿌리…."

산삼(山蔘)을 구하고자 편답하는 삼백여 일에 간신히 두 뿌리를 얻고는 그냥 헛애만 쓰는 자기였다.

문득 눈을 들어 맞은편을 건너다보았다. 계곡(溪谷) 하나를 건너서 맞은편에 보이는—역시 깎아 세운 듯한 벼랑에는 나무가 부접할 흙도 없는 양하여 겨우 잔솔 몇 포기와 지금 바야흐로 단풍 들어가는 낙엽수 몇 그루가 석양볕 아래서 잎을 풍기고 있다.

지난여름에 팔죽지만한 산삼 한 뿌리를 얻은 곳이 바로 그곳이었다.

한참을 건너다보았다. 건너다보다가 눈을 도로 아래로 떨어뜨렸다.

굽어보이는 계곡—거기는 까마아득한 저 아래 골짜기에 무엇이 아물거리는 것 같다.

"?"

눈 주어 내려다보았다. 한참을 눈주어 보니 거기는 웬 사람이 하나 헤매고 있는 것이었다.

의아하였다. 보통 사람이 다닐 곳이 아니었다.

유람객일까? 인가에서 백여 리나 떨어진 외딴 이 심산에 유람도 괴이하다.

그렇다고 초부나 목동도 아니었다. 의관까지 한 듯하니, 점잖은 사람인 모양인데 그런 사람이 단 혼자서 이 심산에 방황하는 것은 웬일일까?

연파대(淵巴大)는 잠시 굽어보다가 그리로 내려가보기로 하였다.

땅과 돌을 파기 위하여 가지고 다니던 연장을 구럭에 수습하고 그 자리에서 떠났다.

벼랑과 바위를 평로(平路) 다니듯 다니는 파대는 교묘히 몸의 중심을 잡아가면서 깎아 세운 듯한 바위와 낭떠러지를 아래를 향하여 더듬었다.

앞에까지 이르렀다. 이르러 보매 아래의 사람은 파대가 내려오는 것을 안 모양으로 바위에 기대어 파대가 다 내려오기를 기다리고 있었다.

나이는 사십 혹은 오십 혹은 육십―대중하기 힘들었다. 탄력 있는 피부와 빛나는 안광과 굵은 수염 아래 꼭 닫겨 있는 입 등으로 보아서는 사십 안팎의 장년인 듯이도 볼 수 있는 한편, 그 침착하고 인생에 피곤한 듯한 온 표정은 오십 육십의 노인으로도 볼 수가 있었다.

"여보소, 젊은이. 어디루 가시우?"

파대가 물으려던 말을 도리어 묻기었다. 파대는 공손히 대답하였다ㅡ.

"저는 이 근처의 사람입지만 대인께서는 어디루 가시던 길이오니까?"

"이 근처 사람이면 잘 알겠군. 이 근처에 소리골이라는 데가 어느 편에 달렸소이까?"

"소리골은 여기서 백여 리가 남습니다. 그 소리골은 누구를 찾아가십니까?"

"방향은 어느 방향이외까?"

"남쪽으루ㅡ."

손을 들어 방향을 가리키려 하였다. 그러나 가리키려는 방향에는 하늘 찌를 듯한 벼랑이 마주서 있어 가리킨댔자 벼랑밖에는 가리킬 수가 없었다.

"방향은 남쪽입지만 가시자면 이 골짜기로 이렇게ㅡ."

그러나 요리 굽고 조리 굽고 그 위에 사면에 지류(支流)가 얽힌 이 골짜기로서 또한 어떻게 설명을 하나?

"참, 대인. 이렇게 하세요. 무턱하구 한참 남쪽으루 가시다가 사람을—초부든가 약초(藥草)꾼이든가 만나시기만 하시거든 그 사람한테 을지대신(乙支大臣) 동네가 어디냐구 물으시면 다 알리다. 소리골이라면 모를 이도 있겠지만 을지 대신공이라면 모르는 이가 없읍니다. 그렇게 물어가시는 편이 가장 첩경이리다."

"내가 그 소리골서 온 사람이외다. 하두 심심하기에 어제 점심을 싸가지구 집을 떠나 이리저리 구경하는 데 정신이 팔려 길을 잃고— 어젯밤은 어느 토굴에서 한밤을 자구 오늘두 지금껏—."

"아이!"

파대는 깜짝 놀랐다. 어제 점심만 싸가지고 떠난 이라니, 어제 저녁은? 오늘 조반은?

"얼마나 시장하시어요? 어제부터—."

"시장두 약간 하오."

"그럼 저희집으로 잠깐 가시지요. 고 바위[20) 지나서 막을 하나 틀고 살고 있읍니다. 얼마나 시장하시구 고단하실까…."

그 사람은 천천히 눈을 구을려 파대를 보았다.

"젊은이 마음씨 곱기두 해라."

혼잣말로 중얼거렸다.

2

파대는 손님을 모시고 토막으로 돌아왔다.

"들어가 쉬세요. 제가 저녁마련을 하오리다. 더러운 방입지만-."

파대는 손님을 방(방이래야 나무를 찍어다가 얼커리한 단간방[21)이다)으로 들어모시고 자기는 저녁준비를 하였다.

손님 시장한 것도 시장하겠거니와 어서 손님께 저

---

20) 고바위 또는 고바이로 쓰이며 일제강점기 때 사용된 일본말의 잔재로, 언덕 또는 얕은 산을 뜻하는 말이다.
21) '단칸방'의 잘못. [북한어]

녁을 드리고 손님께 여쭈어 보고 싶은 말이 있다. 손님이 스스로 '소리골서 왔다'하니 그러면 소리골 을지 대신의 동정-건강 등을 알 것이다. 그것을 듣고 싶었다.

마음은 조급하지만 정성을 다하여 지은 저녁과 산채 등을 도마에 받쳐 들고 방안으로 들어오니 손님은 피곤을 못 이기어 벌서 잠들어 있었다.

"대인! 대인!"

"어? 음,"

"저녁진지올시다."

"어느덧 잠이 들었었군."

파대는 손님께 저녁을 드리고 자기는 뜰에서 따로이 저녁을 먹고 그리고 또 방에 들어가 보니 손님은 저녁을 어느덧 끝내고 또 잠이 들어 있었다.

3

이튿날 조반도 끝난 뒤에야 파대는 비로소 손님과 마주 앉을 기회를 얻었다.

"대인께서는 을지 대신을 조석으로 늘 뵙겠읍니다 그려."

멀리서 먼눈으로 잠깐만 뵈어도 그런 기쁨 없겠거늘 이 손님은 조석으로 늘 뵐 수가 있을 것이 파대에게는 부러웠다.

손님은 어제부터 (단 몇 마디지만) 스스로 묻는 말은 많았지만 이쪽에서 묻는 말에는 대답을 피하였다. 이번도 역시 대답은 피하고 스스로 파대에게 물었다.

"젊은이는 약초(藥草)를 캐시는 모양이구려."

"대인. 오냐를 해 주세요. 보잘것없는 소동(小童)이올시다."

"약초를― 보아하니, 약초장수도 아닌 듯한데 약초는 무엇에―."

"대인. 제가 한 가지 여쭤볼 일이 있읍니다. 이것만은 대답해 주세요."

대답마다 피하는 손님에게 좀 물어보기가 떨떨했다. 그러나 하두 답답하던 일이라 종내 물어보았다―.

"다른 게 아니라 산삼은 정성을 드리고 산신께 제사를 드려야 눈에 뜨인다합니다. 그래서― 저는 산삼을 구하려 일년 가까이 전부터 이 산간을 편답하는데 처음에는 무론 산신께 제사를 드렸읍니다. 드린 그 날 신명의 도우심으루 손가락만한 삼 한 뿌리를 얻었읍니다. 그 다음 지난여름에 그때는 제사도 안 드렸는데 팔죽지만한 걸 또 하나 만났읍니다. 그 뒤 그 이래로는 다시는 삼을 만나지를 못했읍니다. 아무리 제사—지성껏 큰 제사를 몇 번을 드리고 또 드려도 다시는 눈에 안 뜨입니다. 이 향산(香山) 봉우리란 봉우리, 골짜기란 골짜기 제 눈에 벗어난 데가 한 군데도 없읍니다. 편답하고 살피고 들추어도 다시는 눈에 뜨이지 않습니다. 이게 제 정성이 부족한 탓일까요, 혹은 이 향산엔 인젠 삼이 없는 탓일까요?"

손님은 역시 대답 대신 질문이었다—.

"허어. 참 기특두 해라. 그래 두 뿌리씩이나 캐구두 그래도 부족이오? 신령도 과한 욕심엔 웅감치 않으시겠지."

"세 뿌리를 목적했읍니다. 꼭 세 뿌리는 캐낼 예정이었읍니다. 제 사사로운 욕심은 아니올시다."

"고집두—."

역시 대답은 피해버린다.

"대인, 제 정성이 그래두 부족한 탓일까요? 혹은 인젠 이곳엔 삼이 없는 탓일까요?"

"왜 하필 세 뿌리오? 또 산삼장사두 아닌 양한데. 혹은 양친 공양에라두 쓰시려우?"

"아니올시다."

"그럼?"

"대인댁 근처에 사시는 을지 대신께 바치려구…."

"허어. 을지에게? 을지가 혹은 무슨 친척관계라두 되시우?"

"아니옵니다 마는ㅡ."

"그럼?"

"대신께서 정무에 너무 골몰하시어 몸이 고달프시어, '소리골' 내려오셔서 쉬신다고 듣자왔기, 대신께 바치려구ㅡ 아무 연분은 없읍니다마는."

"그저 그 뜻으루?"

"네. 고구려 만성(萬姓)된 자 누구 대신의 은공을 모르리까? 그 은공의 만분 일이나마 갚아 올리고자…."

"기특두 해라. 여보소 젊은이 그 정성에 (산삼이 있기만 하면) 왜 눈에 안뜨이리. 내 어제 오다가 정녕 산삼잎 같은 걸 본 일이 있는데, 나는 욕심두 안 나는 물건이기에 그냥 지났지만 정녕 산삼 이파리야."

"그래…."

파대는 벌떡 일어섰다. 숨이 놀랍게 씨근거렸다. 숨차게 물었다.

"그게 어디 오니까?"

"어제 내가 서서 젊은이 내려오기를 기다리던 그 앞 바위틈에ㅡ."

"대인ㅡ 가십시다! 제가 업어 모시리다. 피곤하실 터이니ㅡ."

"피곤은 다 삭았소. 그럼 가봅시다. 잎으루 보아, 있으면 꽤 큰 게 있을 모양이야."

파대는 손님을 모시고 움막을 나섰다.

4

"클 줄 짐작했소."

전고미문의 큰 산삼 한 뿌리를 캐어 놓고 파대는 너무 기쁘고 감격하여 멍하니 서 있을 때에 손님이 파대의 어깨를 두드리었다.

파대는 펄떡 정신을 차렸다.

"대인, 여기서 잠깐만 기다려 주세요. 인젠 목적한 세 뿌리—더우기 마지막에는 이 동자(童子)만한 삼까지 얻었으니 이것 가지구 곧 소리골로 가겠읍니다. 대인두 소리골루 가실 테면 저하구 같이 가십시다."

손님을 거기 멈추어 두고 혼자서 움막으로 돌아왔다.

산삼을 찾고 캐기 위하여 준비했던 모든 연장은 인젠 쓸데없는 물건이었다.

그 연장들을 호기 있게 동댕이치고 그새 연여(年餘)의 소득이었던 두 뿌리 산삼(손가락만한 것과 팔죽지만한 것 각 한 뿌리씩)을 지금 캔 바의 동자만한 것과 함께 잘 싸서 간수하고, 손님을 세워두었던 곳으로 달려나왔다.

"대인, 가십시다. 곤하시거던 업어 올리오리다."

"곤하긴— 같이 갑시다."

할 수 있는 대로 평탄한 시냇가를 잡아, 그들은 길

을 더듬었다.

시냇가 정갈한 곳을 찾아 점심을 먹고 또 길을 더듬어서-.

한참 가다가 문득 보니 저편 맞은편에는 웬 한 떼거리의 인마가 보인다.

길 없는 산곡에 그것도 한 떼거리의 인마란, 예사로운 일이 아니다.

모양은 조금 알아볼 수 있을 만한 곳까지 이르러 보니 인마의 중심에는 꽤 높은 관원(官員)도 있는 듯하며 또한 맨 중심에는 빈 수레(매우 고귀한 사람이 탈 만한)까지 한 채 있고 그 빈 수레를 관원 여섯이 끌고- 모시고 온다.

"날 찾아오는 모양이군. 무슨 일일까?"

손을 이마에 대고 바라보며 손님은 이렇게 중얼거렸다.

나를 찾아? 파대는 눈을 들어 손님의 얼굴을 보았다. 아무 표정도 없는 얼굴—그러나 거기는 어디인지 자애(慈愛)와 위의(威儀)가 역연히 드러나 있는 얼굴이었다.

"대인-."

말을 더듬었다.

"대인께서는 혹은-(숨찬 숨 허덕이었다) 황공합
니다만 을지 대신이 아니시오니까?"

"내가 을지오."

"아아"

기가 막혔다. 넓적 엎드렸다. 엎드린 그의 눈앞에
을지 대신의 먼지 덮인 신발이 있었다. 파대는 대신
의 발을 쓸어안았다. 제 얼굴을 함부로 대신의 발에
부비었다. 감격과 감사와— 무엇이라 형용할 수 없는
기쁜 감정에 눈물만 평평 쏟아졌다.

이가, 을지 대신이었던가.

평생에 사모하고 존경하고 숭배하던 어른을 모신
줄도 모르고 자기는 혹은 무슨 창피스런 일 망신스런
일이라도 하지 않았던가. 지난 저녁 그 더럽고 좁은
방에 반찬도 없는 음식에, 게다가 그 곁에서 자기까
지- 코나 요란스럽게 골지 않았던가. 땀내 나는 등
에 업어드리고- 무슨 일인지, 가슴에 치받치어 뒤앞
을 가릴 수가 없었다.

벌떡 일어섰다. 마주 오는 인마를 향하여 아직 소리는 들리지 않을 원거리(遠距離)에서부터

"대신님 여기 계십니다. 여기 계십니다."

고 고함지르며 맞받아 나갔다.

5

조정에서 칙사(勅使)가 칙령(勅令)을 받들고 내려온 것이었다.

긴급한 국사(國事)가 생겼으니 대신(大臣) 을지문덕(乙支文德)은 곧 상락(上洛)하라는 칙명이었다. 을지대신은 고요히 눈을 들어 칙사를 보았다.

"성체 무양하오시다니, 듣잡기 기쁘지만, 갑자기 나를 부르시게 된 그 연유는?"

머리를 숙여 생각하였다.

"진(陳)나라와 수(隋)나라는 그냥 다투우?"

"진이 망했읍니다."

대신은 깜짝 놀랐다. 침착한 그의 안색까지 한순간 창백해졌다.

"아, 그럼 수(隋)가 혼자 남았다? 양광(楊廣-수나라 천자)이가 중원(中原)의 주인이 됐다?"

"그렇게 됐읍니다."

"아뿔싸. 그럼 내 곧 상락(上洛)해야겠소. 우리 성상도 그 일루 나를 부르시는군. 자, 곧 갑시다."

대신과 칙사가 하는 문답을 듣고 있다가, 연파대가 한 걸음 나섰다.

"대신님. 상락하시려면 소인을 데리고 가 주세요. 가까이 모시구 무슨 심부름이든 하오리다. 이 삼도 변변치 못한 겝지만 받아주세요."

6

때는 고구려 평원(平原)왕 삼십일년 가을이었다.

자라는 七百年[칠백년]

1

고구려 시조 동명성제(東明聖帝)가 부여 땅 한편 귀퉁이에 고구려 나라를 세운 것은 저 중원에는 한(漢)나라이 전성했을 한(漢)의 효원제(孝元帝) 건소(建昭) 연간이었다.

고구려는 건국하면서 그 국시(國是)로 영토확장을 서북쪽으로 하기로 하였다.

천하의 패자(覇者)로 자임하고 있는 한족(漢族)의 전한(前漢)은 고구려 건국된 지 사십여 년 뒤에 왕망(王莽)에게 망하고 왕망이 세운 나라가 십여 년 '천하의 주인' 노릇을 하다가 그도 또 유현(劉玄)에게 당하고, 유현이 삼년간을 천자(天子) 노릇을 하다가 '후한(後漢)'의 광무제(光武帝)에게 망하고─.

이리하여 나라 주인의 기복(起伏)이 무상한 '한토(漢土)'에서도 '후한'은 기특하게도 일백 사오십 년간을 국가를 유지해 가지고 버틸 동안─동방의 한 조그만 부락에서 발원(發源)한 고구려는 동남쪽으로는 '백제'와 '서라벌'(신라라는 국호는 썩 후년부터야 썼다)을 꾹 눌러만 두고 동북으로 물길(勿吉—혹칭 말갈)이라는 효용한 민족을 손안에 넣어가지고 서쪽으로 서쪽으로 그의 국토를 벌리어 나아갔다.

'고구려'의 서쪽에 연접해 있는 요(遼)지방은 본시 부여의 강역이다. 부여의 강역이매 부여의 주인인 고구려는 내땅으로 여긴다.

그러나 한족(漢族)은 천하의 땅을 천자의 것이라 본다. 그런지라 천자의 직할지인 한 본토는 물론이요 외지(外地)도 모두 천자의 땅이라 하여 부여의 국력이 쇠약하고 고구려 아직 대성하기 전에는 동방 각곳에 산재해 있는 부여 영토지역들에(그것이 천자의 명이라는 견해 아래) 한인(漢人) 관리를 파견하며 혹은 주인 모호한 빈땅에는 한인으로 왕을 봉하고 하였다.

그러나 고구려의 세력이 차차 커가면서는 그런 한인 본위의 영토권은 개의하지 않았다. 한인인 왕이 있건 태수가 있건 고구려에 필요한 지역은 실력으로 회수하여 갔다. 낙랑(樂浪) 임둔(臨屯) 현도(玄菟) 등

등 한인이 한의 영토라 하여 왕이나 태수를 보내어 다스리는 지역에도 연해 토벌의 손을 가하는 일방 서쪽의 요(遼) 땅도 본시 부여의 변경(邊境)이니 당연히 고구려가 차지할 땅이라 하여 회수하여 들어갔다.

그러나 전한(前漢)에서 왕망(王莽)으로 또다시 후한(後漢)으로 이렇듯 국가놀이[國家遊戱[국가유희]－국가소유자 경쟁]에 분망한 한인은 이 고구려의 침식(侵蝕)을 막을 겨를이며 실력이 없었다. 고구려에게 내땅을 빼앗기거니 분하게만 보고 눈만 흘겼지 다른 도리가 없었다.

후한도 생긴 지 백 사오십년 영제(靈帝) 때에는 인제는 국가의 통일공작도 대강 끝나고 국내 안돈도 좀 피고 실력도 웬만치 자랐으므로 그새 괘씸히만 보고 치만 떨고 있던 고구려에게 한 몽치 가하여 보려고 움직였다.

신대왕(新大王) 사년 후한 영제(後漢靈帝) 가평(嘉平) 원년 동짓달에 고구려 원정의 대군은 용감히 한나라를 떠났다.

고구려는 이 한의 대군의 내구(來寇)에 맞아 싸우지

않았다. 한군이 국내 깊이 들어오도록 다만 유격군으로 시달리는 뿐 회전(會戰)은 피하였다.

한군은 아무리 쫓아와야 누구 마주 싸워주지 않고 고구려 깊이 들어오매 식량수송 등도 곤란한 위에 날씨는 매운 겨울철이라 할 수 없이 도로 회군하기로 하였다.

무력전보다도 식량전과 수송전에 패하여 돌아가는 한군에게 고구려는 아직껏 감추어 두었던 온 병력을 모아 엄살하였다.

역사상에 이 싸움이 기록되기를 '한군 대패하여 필마도 돌아가지 못하였다(漢軍大敗匹馬不返)'고 했다.

그로부터 십수 년 뒤 고구려 고국천(古國川)왕 금년 후한 헌제(獻帝) 중평(中平) 원년 이 철천의 원수 고구려를 어떻게든 멸하여 보려고 헌제는 요동태수 공손(公孫) 씨를 명하여 또 고구려를 원정하여 보았다.

'목 벤 것이 산과 같았다(斬首山積).'

역시 참패하였다.

그로부터 오년 뒤, 요동의 공손 씨(한족 계통이 아니다)는 한의 실력을 저울질하였으므로, 한의 굴레를

벗고 스스로 따로 섰다.

2

이런 것도 한 가지의 원인은 되겠지만, 본시부터 국가놀이, 천자되기 경쟁을 즐겨하는 한인들은, 후한도 선 지 백사오십년 쯤 되어서는, 사면에서 천자되려는 무리들이 벌떼와 같이 일어났다. 고국천왕 말년경부터 산상(山上)왕 초년경에는 수만의 한인들이 이 '국가놀이'에 소란한 한토를 피해 낙원(樂園) 고구려로 와서 투신하였다.

과연 한실(漢室)은 조조(曹操)에게 망하고 조씨의 위(魏)가 건설되자 촉에 유현덕(劉賢德)이 이어나서 촉한(蜀漢)을 이루고 강남에는 손권(孫權)이 일어나서 오(吳)를 세워 천하에 하나밖에 없어야 할 천자가 셋씩이나 생겼다.

여기서 천자의 위 경쟁이 시작되었다.

위는 자기네가 한실(漢室)의 뒤를 받았으니 자기네가 정통 천자라 한다.

촉은 한실은 유(劉)씨의 것이니 촉의 유현덕이야말로 한실의 정통주인이니 촉제야말로 천자라 한다.

천하의 부고(富庫) 천하의 중원 강남에 군림한 오야말로 진정한 중국천자노라고 오씨는 주장하였다.

3

여기서 동이(東夷) 고구려의 무세는 차차 올라갔다. 한때는 동방의 오랑캐라 하여 우습게 보고 멸시하던 고구려지만 지금 세천자 정립(鼎立)한 이때 그래도 호(胡)가 아니요 만(蠻)이 아닌 의관의 나라(衣冠之國[의관지국]) 고구려를 자기네 편에 끌어넣으려는 공작과 경쟁이 시작되었다.

동천(東川)왕 사년 위의 둘째 임금 명제(明帝) 청룡(靑龍) 이년에 위에서 친선사가 많은 예물을 가지고 고구려로 찾아왔다. 이리하여 고구려와 위는 친선관계를 맺게가 되었다.

그래서 그 다음해에 오에서도 고구려로 친선사가 찾아왔다. 고구려 이미 위와 친선관계를 맺었으니 우리와도 맺자는 것이었다. 그러나 위와 벌써 친선관계를 맺은 고구려에서는 오는 거절하였다. 그리고 오에서 온 사신을 목 베어 그 목을 위에 보냈다.

위는 고구려와 친선관계를 맺기는 맺었다. 그러나 위와 고구려는 국경선(國境線)이 서로 맞닿은 관계로 끊임없이 작은 충돌이 있었다. 연해연방 국토를 확장해 나아가는 고구려라 자연 국경선 가까이서는 딴 나라와 충돌이 생기는 것이었다. 요 땅으로 늘 진출해 나아가는 고구려라 요 땅의 종주권을 가졌노라고 자임하는 소위 위와 자연 국경 경계선상에서 충돌 없을 수가 없었다.

4

그러자 한토에서는 또 '국가놀이'가 행진되었다. 위촉 오가 정립된 지 한 사십년 되었으니 시작할 만도 하였다. 진(晉)이 새로 일어섰다. 일어서면서 위와 촉을 멸하고 십오륙 년 뒤에는 오까지 없이하고 한토를 또 통일하였다.

그 통일이 한 사십년 계속된 뒤에 북방 오랑캐[匈奴 [흉노]]족이 일어나고 한[前趙[전조]]을 세우자 진씨는 남방으로 쫓겨 내려가고 소위 오호십육국(五胡十六國)의 시대가 현출하였다. 흉노 선비 갈 저 강(匈奴 鮮卑 羯 氐羌)의 북방과 서방의 다섯 오랑캐가 북지나의 사방에 일고 잦아서 혹은 일이십년 혹은 삼사십년씩 국가 노릇을 하였다. 오호(五胡)가 전후하여 세운 나라가 합계 열세나라였다.

동시에 흉노에게 쫓긴 한족의 진은 남쪽에 도망하여 소위 동진(東晋)이 되었다. 한족의 세운 나라도 셋으로 갈라졌다.

5

서쪽에 무수한 민족의 국가놀이에 골몰할 동안은 고구려는 태평무사하였다. 눈의 가시같이 요지방 통일에 방해가 되던 연(燕)을 북위의 손을 빌어서 멸하며 혹은 동과 남으로 더욱 국토를 확장하며― 광개토(廣開土)왕과 장수(長壽)왕의 두 명군의 재위 백여 년간에는 인제는 누구 감히 건드릴 수 없는 동방의 대제국이 되었다.

서쪽에는 그냥 국가놀이—국가도태작용—이 계속될 때에 그때 새로 송(宋)을 멸하고 이룩한 남제(南齊)에서 (건국한 첫해에) 고구려에 친선사로서 많은 예물과 함께 고구려 임금(장수왕)께 '표기대장군(驃騎大將軍)'의 벼슬을 보냈다. 장수왕 육십칠년이었다.

장수왕은 거기 대하여 감사하다는 사례사를 보냈다. 그런데 불행 그 고구려 사례사는 남제로 가는 길에 북위 군사에게 붙들렸다.

아직껏 고구려와 친선관계를 갖고 있던 북위의 천자는 노염을 냈다. 샘에 가까운 노염이었다.

"너희는 남제의 신하 노릇을 하려느냐."

노염의 사신이 고구려로 왔다.

장수왕은 웃어버렸다.

"버려두어라. 경쟁이다. 인제 북위에서도 남제에 질소냐 하고 짐께 벼슬을 보내리라."

과연 이 임금 승하하자 북위에서는 허둥지둥 '차기대장군, 태부, 요동군개국공(車騎大將軍太傅遼東郡開

國公)'의 벼슬을 보냈다. 그리고 신왕 문자(文咨)왕께도 바삐 그만한 벼슬을 보냈다.

신왕 삼년에 이번은 남제에서 합계 스물한 자(字)의 기다란 벼슬을 보냈다.

왕의 십칠년에는 양나라에서도 그만한 벼슬이 왔다. 드디어 노골적 봉왕경쟁(封王競爭)이 시작되었다. 안장(安臧)왕 이년-.

양이 안장왕께 기다란 벼슬을 보냈다. 그런데 그 사신은 고구려로 오는 길에 북위에 잡혔다.

북위는 낭패하였다. 양에게 졌다는 큰일이라 하여 양에게 지지 않는 기다랗고 높은 벼슬을 안장왕께 보냈다.

기성국가(既成國家)는 물론이요, 한토에 생기는 새 나라는 생기기가 무섭게―아니 오히려 생기려는 수속공작으로―고구려왕께 벼슬을 보냈다. 이것이 그들의 최대최급의 정사였다. '국가 신생 계출'(屆出[계출])이었다.

6

말하자면 일종의 '국가승인 신청'이었다.

비온 뒤의 죽순(竹筍)같이 일변으로 생겨서 일변으로 소멸되는 한토의 뭇 작은 국가들.

혹은 이삼년 혹은 일이십년 잘하면 사오십년씩 가다가는 쓰러지는 군소 국가들은 자기네가 스스로 한 국가를 이룩하고도 이것이 과연 국가인지- 국가의 자격을 가졌는지 스스로 의심스럽고 위태롭다. 남이 국가로 인정해주기 전에는 스스로도 믿기 힘든 미약한 존재다. 동린(東隣)에도 서린(西隣)에도 하도 수두룩한 집단들, 현재 앞집 김 서방, 뒷집 이 서방도 부하 몇십 명씩 모아가지고 장차 세월 좋으면 칭제(稱帝)를 하려고 벼르고 있다.

어느 누가 진정한 제(帝)가 되고 국(國)이 될지 도깨비판 같아서 예측할 수 없다. 이렁저렁 자기가 부하 몇백이고 몇천이고를 모아가지고 칭제(稱帝)를 한다 할지라도 남이 인정해 주기 전에는 너무도 믿기 힘든다.

그리고 인정을 받는데도 이웃나라(다같이 비슷한 얼치기의 국가)에는 승인을 받으나 마나다.

여기 '고구려국'의 인정이라 하는 것이 천균(千鈞)[22] 의 무게를 갖는다.

건국 육칠백년— 단일왕실의 밑에서 단일민족으로 순조롭고 건실하게 자라서 대제국을 이룩한 고구려의 지위는 진실로 닭 가운데 학이었다.

한편으로 생겨서 한편으로 스러지는 무수한 국가들이 내가 천자다, 네가 천자다, 이건 내땅이다 네땅이다 야단들 할 때에 동방에 묵연히 웅거하여 이 소국들의 소란을 굽어보며 한손 휘두르면 천하를 뒤엎을 실력을 가지고도 오직 내 옛터밖에는 눈 거듭떠보지도 않는 무시무시하고도 점잖은 국가.

이 고구려에게 인정을 받는 국가, 넉넉히 국가라고 버틸 수 있다.

이 인정을 받기 위하여 각 국가는 온갖 수단을 다 강구한다.

---

22) '균'은 무게의 단위이며, 1균은 30근이다. 여기에서 '천균'은 매우 무거운 무게 또는 그런 물건을 비유적으로 이르는 말이다.

마지막 안출해 낸 것이 봉왕(封王)수단이었다.

다른 인정과 달라 천자승인은 좀 예다르다. 태수나 제후(諸侯)는 천자가 내려주는 벼슬이니 어느 천자 후보자가 고구려왕께 이 천자전속의 권한행사인 봉왕을 하거나 장군 혹은 제후로 봉하여 고구려왕이 거절치 않고 잠자코 이를 받으면 즉 고구려왕은 자기를 천자로 인정을 한 셈이다.

고구려왕이 거절치 않고 잠자코 받게 하기 위하여 욕심날 만한 많은 예물과 함께 고구려왕께는 천자승인 신청의 후보자들의 보낸 '왕'이며 '장군호'가 많은 예물과 함께 소나기로 쏟아졌다.

7

뭇 천자 후보자들은 고구려왕께 많은 예물을 보내면서도 내심 전전긍긍하였다.

"퇴하지나 않을까, 거절치나 않을까."

"모(某)가 보낸 것은 받았는데 내가 보낸 것은 거절하지나 않을까."

그러나 인심 후한 고구려왕은 누가 보내는 것이든 턱턱 받았다. 거절하거나 사양하는 절차가 귀찮기 때문이었다.

이러한 가운데서 고구려는 더욱 커지고 더욱 가멸어 갔다. 백(百)성을 자랑하는 고구려, 오호(五胡)가 부스러진 저 나라에 비기어 사족(예맥, 숙신, 물길, 부여)이 한데 뭉친 고구려.

자라고 완숙하였다. 겉과 속이 아울러.

겉이 그만치 자란 만치, 속(문화)도 찬란히 꽃이 되었다.

북방에는 부여의 웅대한 대자연을 배경으로 북방문화가 자랐다.

남방에는— 국가놀이의 소란한 한 본토를 망명하여 낙원 고구려로 모여든 한인들이 가지고 온 한문화를 토대삼아 예술소질이 풍부한 이 민족이 만들어 낸 남방문화(소위 낙랑문화며 고구려문화)가 찬란히 빛났다.

게다가 저 한토에서는 국가놀이 천자놀이에 골몰하여 한 가지 외 문화가 계속하여 성장하지 못하고 자라다가는 부러지고 피다가는 시들어 온갖 문화의 초생품(初生品)만 잡연히 널려 놓여 마치 '문화발생 간색마당[見本市[견본시]]'인 듯한 느낌이 있는 반대로 여기는 '칠백 년간 단일왕실 밑에서 단일민족의 힘'으로 자라고 닦달되고 펴진 마치 고구려 국가의 광휘를 상징하는 듯한 한껏 빛나고 찬란한 문화가 최성을 자랑한다.

8

요컨대 한토의 부단(不斷)한 국가놀이 천자놀이는 고구려로 하여금 외우(外憂)의 근심 없이 마음 놓고 국가 키우기에 몰두할 수 있게 하였다. 동남방의 소국(小國) 백제며 신라(서라벌이 신라라 이름을 고쳤다) 등이 각작각작 변경(邊境)을 긁기는 하였지만 이런 것은 전혀 문제도 되지 않았다.

서쪽에서 보내는 뭇 왕호(王號)나 턱턱 받아두고 친선사절이나 어름어름 교환해 두면 저들은 마치 시앗의 경염(競艶)같이 서로 곱게 보이기에만 급급하여 고구려는 언제까지든 베개를 높이하고 태평세월에 땅이나 두드리[擊壤[격양]]며, 나라 기르기에나 몰두할 수가 있을 것이다.

요(遼) 역내의 내 구역(舊域)도 인제 다 찾았다. 인제부터는 이 가멸고 기름진 강역을 곱다랗게 유지하여 나아가기나 하면 그만이다. 더 욕심나는 것도 없었다.

이러한 때에 저 한토에는 또 한 개의 새 나라가 생겨났다. 양광(楊廣)이라는 새 장수가 나타나서 한동안 휩쓸더니 종내 주(周)를 없이하고 수(隋)를 세웠다.

"또 하나 생겼구나."

하도 평범한 일이라 고구려에서는 대수롭지 않게 여기었다. 고구려 평원(平原)왕 이십사년이었다. 북제는 그보다 삼년 전에 주(周)에게 망하였다.

그 주가 수에게 망한 것이었다.

인제는 저 한토에는 진과 수가 남았을 뿐이다. 고구려는 좀 경계하는 눈을 던지지 않을 수가 없었다. 한족이 수없이 많이도 생겼기에 자기네끼리의 경쟁에 다른 데 돌볼 겨를이 없지만 그새 육칠백년을 꾸준히 한족에게 무언(無言)의 위협을 가하여 한족이란 자존심까지 내버리고 고구려에게 굴해 지내오게 한 것은 온 한족의 절치부심하는 배다.

중원이라 하고 중국이라 하던 한족의 자존심과 자긍심은 그새 육칠백 년간 동이(東夷) 고구려에게 여지없이 밟혀온 것이었다.

한족의 힘이 아직 나누여 있기에 그만그만 했지 한족이 한데 뭉치기만 하면 첫 창끝을 고구려에게 향할 것은 틀림없는 사실이었다. 그것은 옛날 후한 광무제 때의 일로도 넉넉히 알 수 있다.

왕립(王立) 십육 국으로 부스러졌던 한토가 지금 전과 수의 단 둘의 대립으로 남았다 한다.

그들이 동이 고구려에게 설욕(雪辱)을 하기 위하여서는 혹은 진과 수가 합세가 될는지도 알 수 없다. 그렇지 않으면 가까운 장래에(지금 형세로 보아) 반드시 한자가 먹히우고 한자가 먹어서 단일국가만이 남게 될 것이다.

그때야말로 수백 년간 억울한 욕(?)(한족이 다른

민족에게 굴해 살았다 하는)에 대한 설욕전이 시작이 될 것이다. 여름에도 두꺼운 옷을 입고야 살 수 있는 북국에서 겨울에도 온갖 과일이 때를 자랑하는 남쪽 끝까지- 얼마나 넓은지는 분명히 이해하기 힘든다. 이런 무변광대의 영토와 무한한 인구를 가진 한이 제나라 온 힘을 한데 뭉칠 수가 있다면 놀랄 만치 큰 힘이 될 것이다.

9

처음에는 이 사실(진이 망하고 수만이 남은)을 무심히 보고 인제 또 어디서 한 새 사람이 일어나려니 쯤으로 가볍게 취급하였다.

그러나 새 사람의 출현이 예상 외로 늦었다. 뿐더러 지금 남은 진과 수는 제 힘만 기르고 있는 것이었다. 예전 같은 가벼운 행동을 스스로도 피하려는 기색이 분명하였다.

여기서 고구려는 이 형편에 대책을 세우지 않으면 안 되게 되었다.

위대한 국가 고구려의 사활은 실로 지금 대책을 바로 세우고 잘못 세우는 데 달렸다.

때의 고구려 대신(大臣) 을지문덕(乙支文德)은 이 얼른 보면 별다른 데가 없는 근일 형세에서 여상(如上)한 비상성을 발견하였다.

그새 국가장식에 너무 골몰하여 등한시하였던 건강을 좀 돌볼 필요를 절실히 느꼈다.

국가의 운명과 국가의 궁지가 걸려 있는 중대한 판국이다.

"급한 일 생기와 급사(急使) 보내오시면 곧 궐하에 달려오리다."

임금(평원왕)께 하직하고 소리골로 내려와서 몸을 잠갔다.

경치 좋고 물 맑고 공기청신한 소리골에 몸을 잠그고 유유한한히 날을 보내고 있는 대재상 을지문덕.

10

드디어 그 날이 이르렀다.

진이 망하였다.

수가 혼자 남았다.

벌써 고구려에 대한 수상한 말썽을 부리려 든다.

칙사는 즉시 소리골 대신에게−.

칙사따라 올라온 대신은 곧 어전에 달려가 엎드렸다.

"자라기 전에− 힘 기르기 전에 부수어 주오리다."

"오호십육국이 아니라, 오백호십육만국으로− 아주 가루를 만들어 주리다. 내 나라 고구려 건드릴 딴 생각 품기만 했다가는⋯."

"그들에게 한족의 자랑이 있으면 우리에게는 단민(檀民)의 자랑이 있읍니다."

고구려 만성을 대표하여 성조(聖祖) 동명(東明)께 굳게 맹서하였다.

효용키로 이름 높은 고구려 만성(萬姓)은 이 튼튼한 기둥을 맞아 힘을 다해서 수적(隋賊) 때려 부수기를 하늘과 성조께 맹서하였다.

11

연파대(淵巴大)는 을지 대신의 수행으로 대신을 모시고 서울로 올라왔다.

-평원(平原)왕 삼십이년 수(隋)의 문제(文帝) 십년
- 수가 '한토'를 통일한 그 첫해였다.

平原[평원]-嬰陽[영양]

1

여름은 가고 가을- 가을도 차차 짙었다.

정무에 피곤한 몸을 산 곱고 물 맑은 소리골서 한동안 쉬어 다시 예전의 건강을 회복해 가지고 서울로 돌아온 을지문덕(乙支文德).

돌아와 보니 국제정세는 매우 미묘하게 되어 있었다.

천자(天子)는 별종자며 나는 별종자라 하여 내 힘이 조금만 남보다 수월해 보이면 나도 천자(天子)가 되어 보려고 덤벼드는 한인(漢人)이라 한(漢)의 역사 시작된 이래 허다한 천자가 생겼다는 없어지고 생겼다가는 없어지고 하여 한의 역사는 '민족의 역사'라기보다는 '천자 야심가'의 연극사(演劇史)라는 편이 옳을— 이런 역사를 지으면서 내려오다가 수(隋)의 문제(文帝)에 이르러 드디어 뭇 천자 야망가를 토평하고 한(漢)의 천지를 통일하였다. 이 사실은 고구려로서는 대안의 불[對岸火[대안화]]같이 무심히 끌 수가 없었다.

한인(漢人)이 고구려를 밉게 본 것은 한 옛적부터다. 그러나 영특한 임금의 통치 아래 통일된 단일민족으로 개벽 이래 오직 민족의 힘만 길러온 고구려와 제각기 천자가 되려는 산산히 부스러진 '한'민족과는 그 실제의 힘이 서로 비길 바가 아니었다.

게다가, 한토에 새로 나라를 이룩한 새'천자'는 '고구려'라는 튼튼히 자리잡힌 기성국가의 승인을 받고서야 비로소 국가행세를 할 수가 있는 관계상 고구려를 괄시할 수가 없었다.

이리하여 세부득이 고구려에게 머리를 숙이고 굴

하여 오기는 하였지만 '한민족(漢民族)'이라는 자긍심과 자부심을 동이(東夷) 고구려에게 여지없이 유린당한 그만치 한인(漢人)들의 마음에는 고구려에게 대한 원심이 자랄 대로 자랐다.

과거 전한 후한 등 임시로나마 한토가 한천자[一天子]의 아래 통일되기만 하면 무엇보다도 먼저 고구려 토벌에 손을 대는 그들이었다.

그런지라 지금 수의 문제(隋文帝)가 한토를 통일하였으매 통일사업이 안돈이 되기만 하면 곧 고구려에게 손을 뻗칠 것은 틀림없는 사실일 것이다.

소리골서 몸을 정양하고 있다가 '수(隋)나라의 한토 통일'이라는 비보에 허덕허덕 서울로 달려온 대신 을지문덕.

그새 한토의 외우(外憂)가 없느니만치 내치(內治)에만 오로지 하느라고 국방관계에 약간 결함이 보이기는 하였지만 워낙 효용한 민족인 위에 민족의 전통이 있느니만치 그다지 큰 힘 들이지 않아 천하무적의 대고구려를 쌓아 놓았다.

2

　임금(평원왕)은 옥체 약간 미령하였다.

　재위 삼십이 년간 저 한토에 일고 잦는 여러 나라에서 아첨의 선물인 '대장군'호며 '왕'호를 무수히 받고 명재상의 좋은 보필을 받으면서, 빛나는 대고구려국의 왕위를 누리기 삼십이년. 안온하고 무사한 고구려국에 약간의 풍파가 보이려는 듯한 무렵에 옥체에 이상이 보인 것이었다.

　"이걸로 속세를 하직하는가보구려."

　가을의 석양볕은 영창으로 가득히 받아서 꽤 명랑한 침전에, 을지 대신의 시측으로 고요히 병상에 누워 있는 왕은, 눈을 감은 채, 이렇게 말하였다.

　"태자(太子)께서 장성하오셨으니까, 뒤는 튼튼하옵니다. 태자도 장성했거니와 노련한 대신들이 버티고 있으니, 뒷근심은 추호 없지만, 세상 되어가는 형편을 내 눈으로 좀 보고 싶구려."

　왕은 눈을 고즈너기23) 떴다. 늙기 때문에 피부에는 탄력이 없고, 눈정기도 약간 흐릿하기는 하지만, 이런 아래 감추어 있는 패기며 영기는, 능히 젊은이를 누를 만하였다.

시조 동명성제(東明聖帝)부터 이 왕실에 전통적으로 흘러내린 만만한 투심(鬪心)을, 그것도 또한 유난히 많이 타고 난 왕은, 재위 삼십이 년간을, 평온하고 안온하게 보낸 것이 내심 퍽이나 미흡하였다. 한토의 뭇 군소제국(群小帝國)들이, 오직 고구려에게 아첨하고 환심 사기 위하여, 요만한 분규도 없이 안온히 보낸 왕생애(王生涯) 삼십이 년간이, 그의 성격에 비추어 몹시 미흡하였다. 안온한 정애를 다 보내고, 임종을 눈앞에 보는 지금에 비로소 한 개의 분규가 생길 형편이었다.

이 운명의 작희에, 왕의 눈가에는 적적한 미소의 그림자가 흘렀다.

"하늘은 왜 짐(朕)의 마음을 모르시는고?"

"나랏님도…. 온 천하의 천자들을 호령하시며 일생을 보내시고도, 아직 부족하시오니까?"

---

23) 고즈넉이

군신은 서로 마주 보고 미소하였다.

"수제(隋帝)에게서 온 편지를 어디 한번 읽어 주시오."

을지 대신은, 왕의 머리맡에 놓인 문갑에서, 일전 수제에게서 온 편지를 꺼내왔다. 그리고 왕의 요구에 응하여 그것을 읽었다—.

'(略[략])雖稱藩附[수칭번부], 誠節未盡[성절미진], 且曰[차왈], 彼之一方[피지일방], 雖坤狹人少[수곤협인소], 今若黜王[금약출왕], 不可盧置[부가노치]. 終須更撰官屬[종추경찬관속], 就彼安撫[취피안무]. 王若洒心易行[왕약주심양행], 率由憲章[솔유헌장], 即是朕之良臣[즉시짐지양신]. 何勞別遣才彦[하노별견재언], 土謂遼水之廣[토위요수지광], 何如長江[하여장강], 高句麗之人[고구려지인], 多少陳國[다소진국]. 朕若不存念盲[짐약부존염맹], 資王前愆[자왕전건], 命一將軍[명일장군], 何待多力[하대다력]. 云[운]'

이것이 유명한 개황(開皇) 십년의 문제의 새서(璽書)[24]였다.

요컨대, 문제(文帝)가 천하를 통일은 하였는데, 통

일한 체면상, 우내(宇內)의 뭇 나라에서 마땅히 조공사(朝貢使)가 와야 할 것이고, 수제는 거기 대하여, 가납을 해야 할 것이다.

그런데 고구려에서는 꿈쩍 소식이 없다. 고구려 측으로 보자면, 도리어 전례에 의지하여 한토에 천자로 즉위하는 자는, 무엇보다도 먼저 고구려 임금께, 예물과 함께 상당한 벼슬을 보내오기를 기다리고 있었다.

수나라이 한토를 통일하였다 하니 예전같이 아첨 경쟁은 안할지도 모르나 이쪽에서 먼저 저쪽으로 사절(使節)을 보낸다든가 하는 일은 꿈에도 생각지 않았었다.

수나라 측에서는 대국(大國)의 면목이 있다. 한토의 천자면 즉 천하의 주인이라. 천하가 내게 와서 꿇어 절하여야 할 것이다. 안 하는 자가 있으면, 대국으로서 면목상 꾸짖어 절하도록 시키기라도 해야 할 것이다.

---

24) 옥새가 찍혀 있는 문서

천하의 주인이 된 수나라, 동이(東夷)의 나라 고구려에서 절을 받지 못하면 대국으로서의 면목이 부스러진다. 고구려가 절하지 않으면 정토(征討)의 벌을 마땅히 내리어야 할 것이다.

그러나 갖은 힘 다 써서 간신히 한토를 통일한 수는 인제는 동방의 대제국 고구려를 건드리려다가는, 아직 튼튼히 자리 잡히지 못한 내 나라 수가 도리어 부러질 염려가 있다.

대국의 면목상 정벌은 해야겠고, 정벌할 만한 힘은 부족하고— 이 양난(兩難)의 입장에 선 수는, 국내의 지자(知者)들을 다 모아 연구한 결과, 고구려에게 한 장의 새서(璽書)를 보내기로 한 것이었다. 천하의 주인인 '수'의 면목도 상하지 않을 겸 고구려의 노염도 사지 않을 겸— 이런 어려운 역할을 해야 할 새서다. 꽤 신중히 의논하여 꾸민 글이었다.

—고구려 너희가 건방지고 괘씸하여, 마땅히 너희를 벌할 것이지만 그리고 너희 따위를 벌하려면 무슨 큰 힘까지 들일 것 없이, 아주 손쉬운 일이지만, 너희가 이전의 그릇된 행사를 뉘우치고 고치기만 하면

너희도 '짐의 양신(良臣)'이라 구태여 쳐서 무얼하랴. 그러니 인제부터는 마음을 다시 먹고 짐의 헌장(憲章)을 잘 지키라.

문면(文面)에 나타난 뜻으로는 책망에 가깝지만, 이면의 의의는, '우리는 너희를 건드리지 않을 테니, 제발 잠자코 있어다고. 나의 면목도 있고 하니, 남의 보는 데는 제발 너희도 수의 번방(藩邦)인 체하여다고' 하는 것이었다.

3

을지 대신이 읽은 수제의 새서를 잠잠히 듣고 있던 왕은 다 듣고 나서 눈을 대신에게로 구을렸다.

"편지에 회답을 하잡니까?"

"회답까지 해서 무얼하리까. 자기네들도 회답이 있으리라고는 기다리지 않으리다."

"수사(隋使)는 객관에 그냥 묵어 있소?"

"그럴 줄 아옵니다."

"그걸 조롱이나 해서 돌려보냅시다."

"신이 알아 하오리다."

왕의 환후(患候)가 무슨 증세인지는 국내의 이름 있는 의원 아무도 판단을 내리지를 못하였다. 특별히 어디가 아프든가 쓰든가 하는 것도 아니었다.

다만 맥―기력이 없었다. 사람이란 하루의 피곤을 밤잠으로 쉬고 나면 이튿날 아침에는 새로운 원기로 새날의 할 일에 나서는 것이어늘, 왕은 아침이고 저녁이고 기력이 하나도 없었다. 손가락 하나를 움직이기가 귀찮고 마음으로는 늘 일종의 공박관념25)에 위협되었다.

왕은 이 증세를 곧 당신이 승하할 징조라 보았다. 세상에서 한 사업은 다 끝마치었고 태자(太子)도 장성하여서 뒷근심도 없이 되었으니― 즉 세상에는 더 생존할 아무 의의도 없으니, 하늘이 부르시는 것이라 이렇게 판단하였다.

이 나라의 국민성(國民性)의 일부분을 이룩한 '숙명사상(宿命思想)의 지배를 받는 왕은 이번 병상에서 당

---

25) '강박관념'의 오류.

신은 다시 일어나 보지 못할 것으로 굳게 믿고 있었다. 그리고 그것이 하늘이 지휘하시는 운명이라 믿으니만치 누구를 원망하지도 않고 아닥바닥 일어나 보려고 안달아 하지도 않았다.

다만 너무도 안온하게 지낸 일생이 그냥 불만할 뿐이었다. 그 밖에는 이왕 재위기간 중에 '한토'에 생겼던 '북제(北帝)' '진(陳)' '주(周)' 통일 전의 '수(隋)' 등의 뭇 '천자'가 고구려의 환심을 사기 위하여 다투어 보낸 예물이며 벼슬 등을 받으며 국가적으로 아무 위협도 받지 않고 가멸고 굳센 국가의 광휘 있는 임금으로 좋은 재상을 좌우에 거느리고 영특한 태자를 아래 데리고 진실로 왕자(王者)로도 수월하게 훌륭한 일생을 보낸 것이었다.

"좀 분규를 겪어 보았으면-."

이것이 이 왕의 유일의 불만이었다 하면 왕의 일대가 어떠하였는지 짐작이 갈 것이다.

4

연파대(淵巴大)가 을지 대신을 위하여 구한 산삼은 모두 왕의 건강을 위하여 왕께 바쳤다.

왕은 그 산삼을 쓰면서도 고소(苦笑)하였다.

"하늘이 부르시는데 이런 것이 무슨 효험이 있겠소?"

대신이 정성으로 바치는 것이니 물리치기 어려워 받기는 받으나 약효는 애당초 생각은 않았다.

입에 발린 아첨의 말을 할 줄을 모르는 고구려인의 천성을 타고 난 을지 대신은 역시 고소하였다.

"그래도 산촌의 소동(小童)이 정성으로 캐어온 게옵기 신도 감사히 받아두었던 것이옵니다"

"진시황께나 보냈으면 좋아할 걸…. 짐이야 하늘이 부르시니 이 아까운 신품을 헛되이 쓰는구려."

5

과연 왕은 첫여름 시월에 승하하였다. 재위 삼십이

년간 부강한 국가의 영특한 임금으로서 다만 수나라의 거만한 코를 두들겨 주지 못한 것을 단 한 가지의 한(恨)으로 남기고 그의 부조의 나라로 떠난 것이었다.

'평원왕(平原王)'이라 호하였다.

이십여 년간을 이 왕을 모시고 협조하여 국가에 큰 공을 남긴 대신 을지문덕은 이 왕을 보내고 그의 맏 아드님인 신왕을 모셨다. 일찌기 선왕 제칠년에 '태자'로 책정이 되어 이래 이십오 년간을 태자로서 부왕을 모신 신왕은 그 보령(寶齡)으로 보나 한 나라의 주재자가 되기에 아무 부족이 없는 이였다. 게다가 명재상 을지문덕이 선왕의 유촉으로 그냥 눌러 왕을 보좌하고 더우기 을지 대신과는 이십오 년간을 함께 선왕을 모신 우의(友誼)도 있는 관계상 서로 믿고 의지하는 마음이 유달리 컸다. 나이는 을지 대신이 약간 위이지만ㅡ.

"짐의 대에는 불행 그런 좋은 기회를 못 만났지만 태자의 대에는 반드시 생길 테니 그런 기회 생기기만 하거던 '수'의 건방진 코를 보기 좋게 두들겨주어 망부의 유한을 펴라."

선왕이 이런 유언까지 남긴 만큼 신왕과 을지 대신은 명심하고 그런 기회 있기를 기다렸다.

가면 나라, 효용한 국민—비록 수가 백만 천만의 대군을 이끌고 내구할지라도 두들겨 쫓을 준비는 튼튼하였다.

장차 수의 문제(文帝)를 단단히 두들겨 주고 문제의 아들 양제(煬帝)를 네 번이나 여지없이 부숴 주어서 이로 말미여 수나라까지 엎어지게 한 영양왕(嬰陽王)과 을지문덕의 합작은 이리하여 실마리가 맺어진 것이었다.

漢姬[한진] '菊香[국향]'

1

일찌기 을지 대신께 바치려고 산삼을 향산(香山)서 캐다가 을지 대신을 만나서, 그 길로 서울로 대신을 따라온 연파대(淵巴大)는, 이내 을지 대신 댁한 방에 우거해 있었다.

천하의 형편이 좀 이상야릇하게 되어가므로, 대신은 서울로 돌아와서는 아침 일찌기 입궐하고 저녁 늦게야 귀택하며, 며칠 지나서부터는 왕의 옥체 미령하여, 대신이 집에 들어앉을 시간이 거진 없으므로 파대가 대신께 뵈올 기회가 태무하였다.

대신 댁에 있는 책을 보며 소일하였다. 그 책은 대개가 한적(漢籍)이었다.

한토에서 한인이 저술하여 발간된 책이었지만, 한토라는 데는, 끊임없는 역왕난리(易王亂離)와 혁명소동에, 저술의 본 고향인 한토에는 전하는 자 쉽지 않고 동방 낙원 고구려에 도리어 곱다랗게 보존되어 있어서, 본 고향 한토에서는 이름까지 잃은 희서 귀서(稀, 貴書)가 을지 대신댁 서고에 가득히 들어 있었다.

심심하기 때문에 소일로 읽기 시작한 것이, 어느덧 거기 빠졌다. 빠져서 탐독하노라면, 읽느니만치 소득이 또한 컸다.

이십 미만의 한창 총명한 나이의 파대였다. 게다가 천품까지 총명하였다.

한번 읽으면 좀체 잊어지지 않았다.

부쩍부쩍 늘어가는 자기의 지식에 스스로도 경이의 눈을 던지면서, 파대는 욕심사납게도 그냥 읽고 또 읽었다.

서고와 자기방 새에 왕복하는 밖에는 일체로 나다니지 않고, 독서에 미쳤다.

대신의 존재까지 잊었다. 대신도 파대의 존재를 잊었는지, 집에 데려다둔 뿐 아무 참견이 없었다.

2

파대가 소리골서 을지 대신을 따라 경사로 올라온 지 거진[26] 반 년이나 지나서, 이듬해(영양왕 제이년) 정월이었다.

글읽기에 피곤한 허리를 좀 펴보려고 파대는 방을 나섰다.

하늘을 우러르매, 북국 특유의 맑게 개인 하늘에는,

---

26) '거의, 거의 다'의 경상도 사투리

바람 한 점 없는 양하여, 움직임 없이 고요하고 찬 공기는 도리어 일종의 쾌감을 준다.

파대는 머리와 눈을 하늘로 향하고, 상쾌한 한기(寒氣)를 즐기며, 한참을 그 자세대로 서 있었다.

문득 두선두선하는 소리에, 머리를 돌리며 보니, 지금 막 대궐에서 돌아오는 을지 대신의 수레가 대문 안으로 들어서는 모양이었다.

대신 댁에 묵어 있으면서도 대신을 뵈옵기 진실로 오래간만이었다. 그렇게도 사모하고 존경하던 대신을 오래간만에 뵈옴에, 참으로 반가웠다. 좀 비켜서서 수레가 가까이 들어와서 대신이 수레에서 내리기를 기다렸다.

수레가 파대의 앞을 지나 정방 뜰 아래까지 이르러 대신이 수레에서 내릴 때에, 파대는 빨리 그 앞에 가서 국궁하였다.

"대신. 오래간만에 뵈옵겠읍니다."

대신은 고개를 돌려 파대를 보았다. 낯익은 젊은이나 언뜻 누구인지 생각이 나지 않는 모양이었다.

그 눈치에 파대가 자기가 누구임을 바야흐로 말하

려 할 때, 대신은 비로소 생각이 난 모양이었다.

"이게 누구요? 언제 올라왔소?"

"저는 상년에 대인을 따라 올라와 지금껏 대인댁에 식숙하고 있었읍니다."

"그렇소? 한 뜰 안에 살면서도 모르고 지냈군. 좌우간 들어오오."

파대는 대신을 따라 정방으로 들어갔다.

"나는 하두 바쁜 몸이라, 집에 손을 두고도 전연 무관심했군. 과히 나삐 생각지 말우."

"아이, 대인. 온―대인, 보잘것없는 소동이올시다. 오냐를 해주셔요. 그렇지 않으면 저는―당초에―."

마치 소녀와 같이 얼굴이 다홍빛이 되었다.

"어허, 남의 사람을 오냐야 할 수 있나? 그렇게 어렵다면 하게를 하지."

"네 제발."

평생을 두고 사모하던 분을 이렇게 가까이 모시고 직접 그이와 수작을 하니, 파대는 다만 황공할 따름이었다.

"동무두 없이, 게다가 내가 주인구실을 못했으니

그새 퍽 갑갑했겠군."

"네. 대신 댁 많은 책을 여쭈어 보지도 않고 꺼내다 읽느라고, 적적한 줄은 모르고 지냈읍니다."

"거 기특하지. 젊은이가, 놀든가 장난할 생각을 않고 공부를 하단— 책이란 무슨 책이든 읽어 해롭지 않은 게니…."

"하두 읽을 욕심에 급하와 대인께 여쭤보지도 않고 서고에서—."

"천만에. 책이란 읽으라고 생긴 게지, 서고에 잠재우라고 생긴 게 아니니, 읽을 사람이 있으면 읽을 게지. 한창 놀고 싶을 나이에 공부에 빠지단 참 기특하지.—참 젊은이가 그 정성으로 구한 산삼 나랏님의—"

왕의 일을 말할 때는 으레히[27] 대신은 머리를 깊이 숙이는 것이었다.

"—탈이 중하시어, 나라님께 바쳤소. 내가 먹을 것보다 더 흡족하겠지."

---

27) 으레

"삼의 효험을 보오셨읍니까?"

"하늘이 부르시는데 삼 따위가 무슨 효과가 있겠나."

파대는 칵 머리가 수그러졌다. 왕의 승하도 모르고 지낸 불충의 꾸지람이 가슴을 눌렀다.

아무리 공부에 열중했다기로 이 나라 신자된 도리로 나라님의 승하도 모르고 지내단, 이런 불충이 어디 있으랴.

대신은 고요히 말을 계속하였다―.

"적자(赤子)된 우리로야 애통망극한 일이지만, 우리 전 나랏님, 만왕의 왕으로서 천하를 눈 아래 보시며 일생을 지내셨고, 보령이 고희(古稀)를 지나시어, 명민하신 태자께 뒤를 부탁하시고 유감없이 떠나셨으니, 한(恨)되는 일은 조금도 없네."

무론 대신으로는, 그 임금을 임종 때까지 모시고 그 뒤, 고이고이 안장까지 해 모셨으니 한 되는 일이 없겠지만, 파대는 이 나라 만성(萬姓)으로 더우기 한 서울 안에 있으면서도 독서에 혹하여 임금의 승하까지 모르고 지낸 불충에 대한 가책 때문에 이 충성의 덩어리인 대신 앞에 감히 머리도 들 수가 없었다.

머리를 깊이 숙이고 좀 더 무연히 앉아 있다가, 기회보아 대신께 하직하고 자기의 방을 돌아왔다.

3

이치로 따지자면, 대신 댁 한편 방에 있는 자기에게 국상(國喪) 같은 중대한 일도 알려주지 않은 주인 대신을 원망하든가 나무람하는 것이 당연하지만, 파대에게 있어서는 을지 대신은 다만 신성한 존재일 따름이지, 원망이나 나무람의 대상이 아니었다.

가까이 모시어 본 일은 없었다. 용안(龍顔)조차 우러른 일이 없었다. 따라서 정(情)으로는 관심되는 배 없으나 이 나라 만성의 가슴 깊이 전통적으로 새겨져 있는 '임금께 대한 충심'의 탓으로 파대는 무거운 자책감을 느낀 것이었다.

저녁상도 그 자세대로 받았다. 저녁 뒤에도 또 그 모양이었다.

4

그냥 망연히 앉아 있는 파대의 귀에 문득 한 개 이상한 음률이 들렸다.

귀를 기울이니 거문고 소리—무엇을 사뢰는 듯 조르는 듯, 밤하늘에 울려나가는 그 음향은 누구인지는 알 수 없으나, 마음에 커다란 오뇌를 가진 사람이, 몇 가닥 줄로써 가슴의 오뇌를 하소연하는 애끊는 음조에 틀림이 없었다.

자기 따로의 오뇌를 따로 가지고 있는 파대는 처음에는 무심히 들었다. 들리어(저절로)오니 들을 따름이었다. 그러나 무심히 귀를 기울이고 있는 동안, 부득부득 가슴에 사무쳤다. 그 음조는, '이런 것이라'는 격식과 틀에 맞는 종류의 것이 아니고, 탄자(彈者) 스스로가 자기의 가슴에 사무친 호소를 거문고를 통하여 사뢰는, 진정한 호소였다. 매한가지로 가슴에 큰 수심을 가지고 있는 파대에게는, 절절이 심현에 울리는 음조였다.

무심히 거기 귀를 기울이다가 어느덧 공명하였다.

자기로도 무슨 때문이지 모르면서 몸을 일으켰다. 방을 나서서 뜰에 내려섰다. 얼굴과 온몸에 휙 끼얹는 밤의 냉기에 뜻하지 않고 몸서리치면서 파대는 그 음률의 날아오는 방향을 타진해 보고, 그쪽으로 차차 발을 떼었다.

캄캄한 그믐 칠야였다. 백만을 자랑하는 대고구려 서울 '장안경(長安京)'도, 겨울의 밤에는, 죽은 듯이 고요하였다. 국상(國喪)중의 장안경은, 이 나라 만성의 임금께 대한 충성을 상징하는, 무한한 정숙이 있을 따름이었다.

파대는 그냥 들려오는 음률을 향도삼아 차차 뒤로 돌아갔다.

이 댁에 온 지 반 년이 넘었다. 하지만 지리(地理)를 전연 모르는 파대는 오직 그 음률만을 향도삼아 어딘지도 모르는 모퉁이를 몇 개를 돌았다. 그리고 이 댁 후당 쪽으로 들어섰다.

한 모퉁이를 돌아서니 비로소 빛이 보였다. 캄캄한 가운데를 뚫고 오던 파대는 맞은편에 홀연히 나타난 광명에 한순간 멈칫 섰다.

맞은편에는 별당 한 채가 있었다. 꼭꼭 닫긴 창안에 휘황히 켠 불이, 창을 통하여 이 근처 일대를 훤하게 비추는 것이었다. 그리고 거문고의 음률은 그 방에서 나오는 것이 분명하였다.

음률의 유혹에 끌려서 여기까지 무심히 오기는 하였지만, 무슨 목적이며 목표가 없는 파대는 거기 우두커니 서버리지 않을 수가 없었다.

서는 것과 동시에 파대의 머리에는 여러 가지의 호기심이 일어나지 않을 수가 없었다.

그 음조는, '이런 곡조는 이렇게 뜯는다'는 능한 솜씨만이 아니라, 탄주자의 마음에 오고 깊이 박혀 있는 오뇌를 진정으로 사뢰는 마음의 하소연이니, 그도 정녕, 무슨 오뇌를 가슴에 품고 있는 사람이다. 그러면 그는 사내일까 여인일까.

그 섬세한 솜씨로 보아 단아한 음향으로 보아, 절절히 애끊는 곡조로 보아, 탄주자는 분명 여인으로 보았다. 여인일진대 젊은일까 노파일까 중년녀일까.

그 음조의 박력(迫力)과 탄력으로 보아, 세상만울에 피로한 노파로 보기보다, 중년이나 젊은이로 보는 것이 지당하였다.

'어떤' '젊은' '여인'일까. 의문과 함께 일어나는 호기심은, 파대로 하여금 그냥 못[釘[정]]박은 듯이 그 자리에 서 있게 하였다.

언제부터나 시작된 탄주인지, 언제까지나 계속될 탄주인지, 방안의 탄주는 그냥 계속되었다.

그 방 밖에도 몇 채 후당이 후둥우둥 서 있는 모양이지만, 다른 방에는 불빛도 인기척도 없고, 오직 그 한 방에서 거문고 소리만이 울려나오는 것이었다.

그 타는 곡조가 무슨 곡조인지는 파대는 모른다. 그런 곡조가 있는지 없는지도 모른다. 그러나 탄주자의 마음에서 울려나온 호소다. 젊은 파대의 가슴에 푹푹 들어박히는 것이었다. 탄주자는 마음에 무슨 큰 오뇌가 있는 것이 분명하였다. 가슴에 오뇌 품은 젊은 여인ㅡ.

누구일까. 대신 댁에 누구일까.

문득 다른 음률이 한 가지 더 섞이었다. 사람의 음성으로써의 노래였다.

지금껏 거문고로만 하소하던 음률의 주인은 옥성

까지 섞어서 부르기 시작하였다.

여성(女聲)이었다. 그리고, 탄력 많은 젊은 소리였다. 그런데 여기서 파대의 호기심과 의혹을 크게 한 것은 육성으로 부르는 노래의 가사(歌詞)가 고구려말이 아니라, 한어(漢語)인 듯싶었다. '한어'를 모르는 파대라, 분명 '한어'라 단정키는 힘들지만, 그 악센트라 발음이라 청이 분명 '한어'의 계통이었다.

'한어? 한녀(漢女)?'

알지 못하는 방언이라, 가사의 뜻은 알아들을 바이 없지만, 거문고와 어울려 들려오는 그 육성은 오장을 끊는 듯한 무슨 호소일시 분명하였다.

5

'한토'에 생기는 뭇 제왕(帝王)들이 고구려의 환심을 사기 위하여 고구려왕께 무슨 높은 벼슬과 아울러 값진 보배를 보내는 전례가 있는 것은 파대도 잘 아는 배다.

그러면 이 '한녀'는 저곳 어느 천자가 을지 대신의

환심을 사기 위해서 보낸 한 공녀(貢女)일가.

저 여인은 울지 대신의 한 애첩일까.

외국 여인을 애첩으로 두었다는 일종의 분개심이 을지 대신께 일어나려는 것을 파대는 힘 있게 눌렀다.

을지 대신은 파대에게 있어서는 신성한 존재였다. 그 신성한 존재에 대하여 신성치 못한 현실이 보이려 할 때에 파대는 마음에 저절로 일어나는 불쾌감을 금할 수가 없었다.

눈앞에 현재한 외국의 젊은 여인을 보며 그런 것이 있는 이상은 을지 대신의 신성이 얼마간 깎일 것으로 되 그래도 대신만은 절대로 신성시하고 싶은 파대는 이 불쾌한 현실에 직면하여 자기가 여기까지 나왔던 것을 후회하였다. 그리고 자기의 방으로 다시 돌아가려고 발을 떼려 하였다.

그때엔 후당 안에서 들려오던 거문고가 문득 멎었다. 그리고 거문고를 약간 밀어놓는 듯한 소리가 들렸다.

"아—아."

그것은 노래 부르던 음성의 탄식성이었다.

"인젠 다 뜯으셨어요?"

후당 안에는 두 명 이상의 여인이 있는 듯하여 노래 부르던 음성과는 다른 음성이 하는 말이었다.

"아아 곤하다 인젠 자련다."

분명 고구려말에 발음이 약간 서툰 외국 여인이었다.

"곤하시구 말구요. 언제부터시라구. 금침 펴리까?"

"승상께서도 주무시는지?"

"승상께서는 자정이 지나서야 주무시니까 아직 안 주무실걸요."

"그럼 나도 더 앉아 있으련다. 승상께서도 그냥 기침해 계신데 나 같은 미천한 게 벌써 다리 뻗고 자서야 되겠니?"

그 뒤에는 기다란 한숨. 진실로 적적하고 진정미를 띤 한숨이었다. 그 한숨 소리에 동정이 간 듯한 시녀(侍女)의 소리가 뒤를 이어났다. -

"참 아씨도 적적하시겠어요. 이십팔 젊으신 신세로 부모님 슬하 떠나 만리 밖 타국에 -. 쇤네네 같으면 가슴 답답해 칵 죽겠는걸요."

"답답하거든 장짓문이나 좀 열어라."

"창문 연다고 가슴 답답하신 것도 좀 낫습니까?"

"하여간 좀 열어라."

그 소리의 응하여 밖으로 향한 장짓문이 더르륵 열렸다.

안에서 흘러나오는 불빛을 피해서 좀 비켜서며 파대는 방안을 들여다보았다. 방안 촛불 화광 아래 드러난 방안의 광경은 파대의 앞에 전개되었다.

시녀와 마주 거문고를 약간 밀어놓고 앉아 있는 색시는 분명 '한녀'였다. 나이는 십칠팔.

'한녀'의 어떤 천자가 고구려 대신의 환심을 사기 위해서 골라서 보낸 선물이라고 볼 수 있을 만한 희대의 미녀였다. 그 눈초리, 그 입매, 그 눈매, 코모양 추호 나무랄 데가 없는 희대의 미녀였다. 불쾌한 감정으로 그 여인을 보려 했고 또한 보아야 할 파대였지만 열어젖힌 창안에 나타난 '한녀'의 자태에 눈을 던질 때 파대도 황홀하여 하마터면 뜻하지 않고, 밝은 데까지 나설 뻔하였다.

"고국 만리…."

"가고 싶으시겠어요."

"아니. 추호 가기 싫다. 승상께서 두어주시기만 하시면 백년이라도 여기서 살고 싶다."

"아씨. 창을 열면 단단히 서늘한걸요. 도로 닫읍시다."

"좋도록 하려무나."

다시 더르륵 창이 닫겼다.

창이 열렸던 것은 진실로 짧은 시간이었다. 그리고는 다시 닫겼다.

짧은 시간이니만치, 파대가 '한녀'를 본 것도 잠깐 사이였다. 그러나 창이 도로 닫긴 뒤에는, 파대는 마치, 그 창에 넋을 앗긴 사람처럼 정신을 가다듬을 수가 없었다.

그것을 파대는 분명 공녀(貢女)요 대신의 애첩으로 보았다. 저런 미녀를 차지할 수 있는 사람은 어떤 사람인가 하는 시기와 부러움에 가까운 감정이 일어남과 함께 욕심까지 무럭무럭 일어났다. 숭배하여 마지 않는 영웅 을지 대신과 미인 '한녀'의 주인 을지문덕과는 분리되어, 을지문덕에게 대한 엷은 시기까지 마음 한편 구석에 일어났다.

예전 같으면 을지 대신께 대한 불쾌한 감정은, 죄악으로 여겨서 스스로 크게 꾸짖을 파대였지만 평소 경건함을 자랑하던 파대의 마음에도 그런 더럽고 불쾌한 감정이 연해 일어나는 것을 금할 수가 없었다.

방안에서 불을 끄고 금침에 드는 소리를 듣고야 파대는 무슨 큰 보물을 떨어뜨린 듯한 애석한 느낌을 무드기 느끼면서 제방으로 돌아왔다.

6

그 젊은 한인 미녀는 과연 공녀(貢女)였다. 진(陳)의 천자가, '진'이 '수'에게 망하는 직전에, 무슨 보람이라도 볼까 하는 요행심으로 고구려 대신 을지문덕에게 보낸, 황실 지친(至親) 그 가운데서 고르고 고른 특선미녀였다.

이름은 '국향(菊香)'이라 하였다. (미완)

(『신천지』, 1946.5~10)

사기사

서울로 이사를 와서 행촌동에 자그마한 집을 하나 마련한 이삼일 뒤의 일이다. 그날 나는 딸 옥환이를 학교에 입학시키기 위하여 잠시 문안에 들어갔다가 나왔다. 그동안 집은 아내 혼자서 지키고 있었던 것이다.

집으로 돌아와서 보매 집 대문간에 웬 자그마한 새 쓰레기통이 하나 놓여있었다. 그래서 웬 거냐고 아내에게 물으매, 그의 대답은 경성부청 관리가 출장 와서 사라 하므로 샀노라 하면서 값은 2원인데 시재 1원 70전밖에 없어서 그것만 주고 저녁 5시에 나머지를 받으러 오라 하였다 한다.

나는 의아히 여겼다.

첫째로 경성부청에서 쓰레기통 행상을 한다는 것부터가 이상하였고, 둘째로 비록 행상을 한다 할지라도 이런 엉뚱한 값(그것은 1원 내외의 값밖에는 못 갈 것이다)으로 폭리를 취한다는 것도 이상하였고, 셋째로 대체 관청의 일이란 이편에서 신입을 하고 재촉을 하고 하여도 여러 날이 걸리는데 당일로 들고 와서 현금을 딱 받아가며 더구나 30전의 외상까지 놓았다는 것이 이상하였다.

그래서 아내에게 캐물으매, 아내에게는 더욱 기괴한 대답이 나왔다. 즉, 아까 10시쯤 웬 양복쟁이가 하나 와서 자기는 경성부 위생계 관리인데 쓰레기통을 해놓으라 하였다. 그래서 아내는 주인이 지금 없어서 모르겠노라고 하니까, 그는 주인의 돌아올 시간을 재차 물으므로 아내는 5시 내외면 넉넉히 돌아오리라고 하매 그때쯤 그는 다시 오마 하고 그냥 돌아갔다. 그로부터 한 시간쯤 지나서 그 자가 다시 왔다. 웬 인부에게 작다란 쓰레기통을 하나 손에 들리워가지고. 그리고 그 자의 하는 말은 대략 이러하였다.

쓰레기통은 경성부의 위생을 위하여 부민이 반드

시 해놓아야 할 것이며, 이것이 주인의 의사로써 하고 안 하고 할 것이 아니라 관청의 명령으로써 시키는 것이다. 부에서 온공히 시킬 때에 하지 않았다가 경찰서에서 먼저 말을 내게 되면 과료에 처한다. 이것은 주인의 유무로 결정될 문제가 아니라 관청의 명령이니 곧 사놓아야 한다…… 그러면서 그는 쓰레기통의 값으로 2원을 청구하였다 한다.

아내는 어리둥절하였다. 아직 세상 물정을 잘 모르는 아내는 관청의 명령이라는 데 질겁을 해서 돈을 주려고 보매, 불행히 1원 70전밖에는 시재가 없었다. 그래서 그 관리(?)에게 시재 2원이 없으니 저녁때 주인이 돌아온 뒤에 다시 돈을 받으러 오라 하였다. 그러매 그 자는 그럼 있는 것만 미리 받고 나머지는 저녁때 또 받으러 오겠다 하므로 있는 1원 70전을 내주고 30전은 외상을 졌다 하는 것이다.

이것은 사기가 분명했다. 그래서 아내의 세상 물정 모르는 것을 꾸짖었다.

경성부청에서 부민에게 폭리를 취하여 쓰레기통을 팔아먹을 리는 없고, 더구나 위협을 해가며 억지로

팔 리도 만무하며, 마지막으로 주인이 저녁에야 돌아온다는 말을 듣고 오전 중에 재차 쓰레기통을 들고 와서 돈을 받아간 점의 괴상함을 설명하고 어리석게도 이런 사기에 걸렸느냐고 하였다.

아내는 사기에 걸렸다는 말을 듣고 분해서 펄펄 뛰었다. 저녁때 나머지 30전을 받으러 올 터인데 그러면 그때 잡아서 경찰에 보낸다고 펄펄 뛰었다.

그러나 나는 그 자가 다시 오리라고는 생각지 않았다. 그런데 내 예상에 반하여 저녁때 30전을 받으러 웬 자가 왔다.

"노형, 경성부에서 왔소?"

"네, 위생계에서."

이 한 마디의 응답뿐. 나는 오른손을 들어서 그의 멱살을 잡았다.

"명함을 내놓우."

"명함…… 없…… 없습니다."

"없어? 무슨 어림없는 소리야. 그래…….."

이 통에 아내가 뛰어나갔다. 그리고 아내의 말은 이자는 아침에 왔던 자는 아니라 하는 것이다. 즉,

대리를 보낸 것이다.

대리라도 좋다. 그 일당인 이상에는 이런 사기꾼들은 없애야 한다.

"그래, 경성부에서 쓰레기통 행상을…… 더구나 오시우리(강매)[28]를 하며 이 20전짜리도 되지 못할 물건을 부민에게 2원에 판단 말이야? 시비는 여기서 가릴 것이 아니라 경찰서로……."

그러매 그 자가 깜짝 놀랐다.

"2원이라뇨?"

"2원이기에 1원 70전을 받고 30전을 또 받으러 왔지……."

"아니올시다. 그런 고약한 놈. 이 쓰레기통은 1원 20전이올시다. 아까 90전만 받았노라고 30전을 더 받아 오라기에 왔습니다. 엑, 고약한 놈. 잠깐 기다리세요. 제가 그놈을 잡아가지고 오리다."

이 깜빡수에 나는 속았다. 그래서 빨리 잡아오라고 그 자를 놓아주었다.

---

28) おしうり. 억매(抑賣).

놓아준 지 1분 내외에 속은 것을 안 나는 그 자를 찾으려고 길로 뛰쳐나가 보았다. 그러나 그 자의 행방은 벌써 모르게 되었다. 그 근처를 샅샅이 뒤져보았지만 하늘로 솟았는지 땅으로 스몄는지 그 자의 거처는 보이지 않았다.

행촌동은 신개지이다.

신개지니만치 쓰레기통 장사도 흔하였다. 그들은 모두 근엄한 얼굴로 손에는 수첩을 들고 부리(府吏)의 행세를 하며 쓰레기통을 사라고 호령하며 다녔다.

이런 자들을 볼 때마다 나는 아내를 불러내어 그 자의 얼굴을 감정시키고 하였다. 아내고 평생에 처음 걸려본 사기인지라 그 자를 꼭 잡아내지 못하면 꺼림칙하다고 늘 잡아내려고 애를 쓰고 있었다.

두 달이 지났다.

봄은 여름이 되었다.

어떤 날, 앞집에서 무슨 둥둥 하는 소리가 들렸다. 그 가운데에는 부청이란 말이 있었다. 쓰레기통이란 말이 있었다. 그 소리에 귀가 번쩍한 나는 앞집을 내다볼 수가 있는 구멍으로 가서 내다보았다. 앞집에는 웬 양복쟁이가 하나 와서 주부만 있는 그 집에 쓰레기통 흥정을 하고 있는 것이었다.

나는 아내를 불렀다. 그리고 예에 의지하여 그 자를 감정시켰다. 그랬더니 아내는 그 자를 내다보더니 얼굴이 **빨갛게** 되며 내게는 아무 말도 없이 거기 있는 대(臺)에 올라서서 앞집을 넘겨다보며 흥분된 말씨로,

"당신이 전에 우리 집에 쓰레기통 판 사람이지요?"
한다. 나도 뒤따라 올라섰다.

앞집 대문 안에는 웬 양복쟁이가 하나 서 있었다. 그는 우리들이 넘겨다보는 바람에 당황하여 연하여 '아니올시다', '모릅니다'를 부르짖는다.

그러나 아내는 내게 향하여 분명히 그 사람이라고 밝혀준다. 여기서 나는 곧 뛰어내려서 대문으로 뛰어나가서 길을 휘돌아서 앞집으로 달려갔다.

"?"

이삼 분 전까지도 그 집 대문 안에 있던 사람이 내가 달려간 때에는 벌써 없어졌다. 앞집 사람에게 물으매, 오후 2시에 쓰레기통을 가져오마 하고 달아

났다 한다. 그래서 산으로 길로 달아난 그를 잡으려고 한참 헤매다가 잡지 못하고 하릴없이 앞집에 오후에 오거든 좀 알려달라고 부탁을 한 뒤에 집으로 돌아왔다.

오후 2시, 4시, 앞집에서는 아무 소식도 없었다. 없는 줄 짐작도 하였다.

그 자가 아까 혼이 나서 달아난 이상에는 이제 다시 안 오거나 온다 할지라도 밤에나 몰래 올 것이다.

6시도 지났다. 밤 7시도 지났다. 사면은 캄캄해졌다.

그때 앞집에서 무슨 숭얼숭얼하는 소리가 들렸다. 동시에 우리집으로 향한 담벽[29]을 두드리는 소리가 들렸다.

"왔다!"

나는 아내를 재촉해가지고 앞집으로 돌아 나갔다.

그러나 그 사람은 지극히도 귀 밝은 사람이었다. 그는 우리가 돌아오는 기색을 어느덧 살피고 쓰레기통을 내버린 채 또 달아났다.

---

29) 담벼락

또 잃었다. 우리는 할 수 없이 앞집에 다시 부탁해 쓰레기통을 대문 안에 들여놓고 대문을 잠그게 하였다. 그가 몰래 다시 와서 쓰레기통을 가지고 돌아감을 막기 위해서다.

밤 10시도 지났다. 우리도 이젠 하릴없이 잘 준비를 하려 하였다. 그때였다. 앞집에서 또다시 사람의 소리가 들렸다. 소리를 낮추어서 주인을 찾는 소리가 들렸다. 소리를 낮추어서 주인을 찾는 소리로서 그것은 정녕 쓰레기통 장수의 소리였다.

그를 잡았다. 앞집에서 쓰레기통 값을 내주는 것을 받으려 할 때에 잡은 것이다.

"당신이 뒷집에 쓰레기통을 판 사람이지?"

"그런 일이 없습니다."

그는 딱 잡아뗐다.

"몰라? 여보……."

나는 뒤따라 나온 아내에게로 돌아섰다.

"분명히 이 사람이지?"

"……그 사람 같아요."

그 사람이 너무도 딱 잡아떼므로 아내도 어리둥절

한 모양이었다.

"내가 언제 당신의 집에 갔더란 말요? 나는 이 동리에는 처음으로 온 사람이오."

아내가 어리둥절해하는 것을 보고 그도 펄펄 날뛰었다. 그러나 낮에 두 번이나 도망을 한 일이 있기 때문에 웬만한 자신을 얻은 나는 그의 팔을 내 옆에 꽉 꼈다.

"여기서 시비를 가릴 거 없이 요 앞 파출소까지 잠시 갑시다."

그리고 나는 그를 끌고 언덕길을 내려가기 시작하였다. 언덕길을 절반쯤 내려와서다. 그가 나를 찾았다.

"여보십쇼."

"왜?"

"이 팔을 놔주십시오."

"못 놓겠소."

"그럼 잠깐 저기 들어서서 한 말씀만 여쭙겠습니다."

"못 들어서겠소."

"그럼 여기서라도 여쭙겠습니다."

"그럼 여쭈우."

"저…… 그…… 그때는 잠,잠깐 속였습니다."

"?"

"미안합니다. 잠깐 속였습니다."

"속여?"

"네. 그…… 영업상 거짓말을 조금 했습니다."

"거짓말을 해?"

"네. 용서해주십시오."

이전에 차에서 사기꾼을 잡은 일이 있었다. 내 뒷주머니에 사람의 촉감을 느끼고 빨리 그리로 손을 돌리매, 웬 사람의 손이 하나 붙잡혔다. 그때 그 손의 주인이 애원하는 듯이 나를 쳐다보는 눈을 보고 나도 말없이 눈으로 한번 꾸짖은 뒤에 슬쩍 놓아주었다.

오래 잡기를 벼르던 인물이로되 급기야 잡고 그의 애원을 들으매 경찰까지 끌고 갈 용기가 안 생겼다.

그래서 나는 몇 마디 설유(說諭)30)를 하였다. 영업상 값을 속이는 것은 혹은 용서할 수가 있으되, 부리의 행세를 하면서 부녀자나 무식한 사람들만 있는 데를

---

30) 말로 타이름

골라 다니며 억지로 팔아먹는 것은 용서하지 못할 일이니, 이 뒤에는 아예 그런 행사는 하지 말라고…….

그날 밤, 아내는 나에게 이런 말을 하였다.

"잡는 맛이 여간이 아니외다. 잡는 맛이 그만하다면 또 한 번 속아 보았으면……."

사진과 편지[31]

오늘도 또 보았다.

같은 자리에 같은 모양으로 누구를 기다리는 듯이….

어떤 해수욕장 –

어제도 그저께도 같은 자리에 같은 모양으로 누구를 기다리는 듯이 망연히 앉아 있는 여인 – 나이는 스물 대여섯, 어느 모로 뜯어보아도 처녀는 아니요 인처인 듯한 여인 –

해수욕장에 왔으면 당연히 물에 들어가 놀아야 할 터인데, 그러지도 않고 매일 같은 자리에 같은 모양

31) 寫眞과 便紙

으로 바다만 바라보고 앉아 있는 여인—

이 여인에 대하여 호기심을 일으킨 L군은 자기도
일없이 그 여인의 앞을 수없이 왕래하였다.

"참 명랑한 일기올시다."

드디어 말을 걸어 보았다.

"네, 참 좋은 일기올시다."

붉은 입술 아래서 나부끼는 여인의 이빨—그것은
하얗다기보다 오히려 투명되는 듯한 이빨이었다.

"해수욕을 하러 오셨읍니까?"

"네, 휴양차로….."

—이리하여 L군과 그 여인과의 사이에는 교제의
문이 열렸다.

"산보 안 가세요?"

"가지요."

"점심이나 같이 나누고 가실까요?"

"좋도록 하세요."

두 사람의 사이는 좀 더 가까와졌다. 그렇게 된 어

떤 날 L군은 그 여인(이름은 혜경이라 하는)의 방에 걸려 있는 어떤 남자의 사진을 발견하였다.

"이이가 누구세요?"

그 사진을 가리키며 혜경에게 묻는 L군의 구조(口調)에는 얼마간의 적개심이 나타나 있었다.

"제 주인 되는 양반이올시다."

"그렇습니까? 훌륭한 분이올시다."

이렇게 대꾸는 하였다. 그러나 그날 밤 L군은 잠을 자지 못하였다. 아까 낮에 혜경의 방에서 본 사진이 연하여 L군의 눈앞에 어릿거렸다.

미남자, 호남자, 풍채 좋은 남자—세상에서 보통 풍채 좋은 남자를 가리켜 부르는 명사가 꽤 많이 있지만 L군은 아직껏 아까 본 그 사진의 주인과 같은 호남아를 본 일이 없었다.

얼굴이 계집같이 이쁘게 생겼다기보다 남자답고 고귀하게 생긴 그 사진의 주인은, 옛날 희랍 조각에는 혹시 있을지 모르나, 현세에 생존하는 인물로는 있을 수가 없을 만치 절세의 풍채 좋은 인물이었다.

L군은 자기도 자타가 허하는 미남자였다. 그 어디

를 내어놓을지라도 손색이 없을 만한 자기의 풍채는 스스로도 믿는 바였다.

그러나 아까 그 사진의 주인과 자기를 비교해 볼 때에 L군은 제 가슴을 두드리지 않을 수가 없었다. 말하자면 자기는 세상에서 보통 말하는 바 양복집 스타일 견본화나 혹은 모자 광고화에 그려진 그림의 미남자쯤밖에는 지나지 못하는 사람이었다. 고아한 풍채의 소유자는 못 되었다. 그 사진의 주인과 자기를 비교하자면 그야말로 태양과 자라를 비교하는 것과 마찬가지로 비교도 되지 않았다.

"그러한 훌륭한 남편을 두고 왜 나 같은 사람에게 호의를 가지나?"

의문이었다.

그러나 그런 의문이 있다고 단념할 것이 아니다. 분명히 혜경이가 자기에게 호의를 갖고 있는 이상에는 의문은 의문대로 남겨 두고 정사(情事)는 정사대로 계속하지 않으면 안 될 것이다.

이튿날 혜경을 방문하기 위하여 L군은 머리에 빗질

을 삼십 분은 하고 면도를 네 번이나 다시 하고 넥타이를 십여 차 고쳐 매도록 자기의 몸치장에 노력하였다. 집에 즉시로 전보를 쳐서 자기의 옷 전부를 이 해수욕장으로 가져왔다. 매일 오전 낮과 오후에 각각 다른 옷을 바꾸어 입어서 인공으로라도 자기의 풍채를 좀 더 돋우어 보려는 L의 고심이었다.

그 뒤로부터 L군은 그 사진의 주인과 맹렬한 경쟁을 하였다. 풍채를 조금이라도 더 좋게 하기 위하여서는 어떤 수단을 물론하고 취하였다.

이 덕에(그렇지 않아도 미남자의 소문이 높은) L군의 풍채는 나날이 더 좋아졌다. 그리고 동시에 혜경 여사와의 정사도 점점 더 깊어 갔다.

해수욕의 시절은 다 갔다.

여름의 한철을 즐기기 위하여 해수욕으로 몰려갔던 도회인들은 모두 도회로 돌아왔다.

혜경도 돌아왔다.

L군도 돌아왔다.

도회로 돌아와서도 L군과 혜경의 정사는 그냥 계속되었다.

"혜경 씨!"

"네?"

"그이는 어디 계셔요?"

"이태리 여행중이에요."

"돌아오시거든 제게 소개해 주세요."

"참 L씨는 왜 귀찮게 늘 그런 말씀을 하세요? 그이가 돌아오시기만 하면 저는 그이 품으로 돌아가야지요. 그렇지 않아요. 실례올시다만 L씨야 그이 안 계실 동안 임시로 제 말벗이 되어…."

무얼? 강렬한 반항심—내가 그 사진의 주인보다 더 훌륭한 사람이 돼서 그 사진의 주인이 돌아올지라도 이 여인으로 하여금 내 품에서 떠나지 않게 하여야겠다.

—이리하여 L군의 몸치장은 그칠 바를 모르고 나날이 더하여 갔다.

그것은 무엇이라 말할 수 없는 불안이었다.

현재로서는 분명히 자기는 혜경의 애정을 독점하고 있다. 그러나 혜경이는 언제 제 본남편에게로 돌아갈는지 예측도 할 수 없는 노릇이었다. 종로로 본정으로 혜경과 어깨를 나란히 하고 산보를 다니면서 때때로 진열창에 비친 자기의 양자를 보고는 혜경과 동반하여 다니기에 결코 부족함이 없는 호남 자라는 자신을 새롭히고[32] 하기는 하지만, 그 어떤 날 해수욕장 혜경의 방에서 본 혜경의 남편의 사진은 L군의 마음을 늘 불안케 하였다.

　　보통으로 내어놓으면 자기도 제일류의 미남자지만 그 사진의 주인과 비교하자면 자기 따위는 발꿈치에도 미치지 못할 것이다. 그 사진의 주인이 혜경이와 팔을 겯고 길을 가는 양을 상상으로 머리에 그려 보고는 질투에 타오로는 주먹을 휘두른 적도 여러 번 있었다.

　　─그 사진의 주인에게 져서는 안 된다. 어떤 수단을 써서든 이겨야 하겠다.

---

32) 새롭게 하고

이런 결심 아래 L군은 더욱 풍채에 주의하였다.

가을이 지났다.

겨울도 지났다.

이듬해 봄 이태리에 여행중이라는 혜경이의 남편은 그냥 돌아오지 않고, L군과 혜경이의 정사는 그냥 계속되었다.

그 어떤 봄날 혜경이가 L군을 찾아왔다. 저녁까지 놀다가 갔다.

혜경이가 돌아간 뒤에 L군은 혜경이가 앉았던 자리 아래 무슨 종이가 한 장 떨어져 있는 것을 발견하였다.

집어 보니 편지였다. 혜경이가 실수하여 떨어뜨리고 간 것이었다.

L군은 그 편지를 펴보았다. 혜경이의 어떤 동무에게서 혜경이에게 한 편지로서 사연은 이러하였다―.

―구라파에 여행중이시던 그 지아버님이 돌아오셨다니 얼마나 반갑겠읍니까? 모레 저녁에 동반하셔서 ××극장에 와 주세요. 관극을 끝낸 뒤에 오래 간만

에 같이 밤참이라도 나누어 봅시다. 꼭 와 주세요. 믿습니다. (…하략…)

"마침내 왔구나!"

가슴이 덜컥하였다. 그 사진의 주인이 돌아왔으면 혜경이는 무론(이전 어느 때 혜경 자신이 선언한 바와 같이) 자기를 떠나서 남편의 품으로 돌아갈 것이다.

이즈음 혜경이의 태도가 이전보다 더 냉담하여진 듯한 것도 이에 설명되었다. 그 사진의 주인만 돌아올 것 같으면 자기는 헌신짝과 같이 버리울33) 것이다.

그 사진의 주인인 고아(高雅)한 한 공자(公子)와 혜경이가 나란히 하여 앉아서 관극을 할 일을 생각할 때에 L군은 치를 부들부들 떨었다.

모레 저녁 되는 날 L군도 ××극장에를 갔다. 무슨 필요로 갔는지는 스스로도 알 수가 없었으나 꼭 가 보아야 될 의무를 느끼고 간 것이었다.

---

33) 버릴

혜경이는 즉시로 눈에 띄었다. 그러나 혜경이의 남편은? 이전 어느때 해수욕장 어느 여관방에서 사진으로 본 그 고아한 공자인 혜경이의 남편은? L군은 극장 안을 두루두루 살폈다. 혜경이의 남편을 찾아내기 위하여 구석구석을 모두 살폈다.

그러나 그때 사진으로 본 그 남자와 비슷한 사람도 발견할 수가 없었다.

그 대신 혜경이의 곁에는 혜경이의 아버지로 인정되는 한 노인이 같이 앉아서 연극을 구경하고 있었다. 사나이는 한 오십쯤— 얼굴 전면에 짐승에게 비길이만치 털이 나고 눈은 그 존재조차 알아보기 힘들도록 작고 코허리가 잘룩한[34]— 천하에 드문 추남자가 혜경이와 같이 앉아서 일심불란(一心不亂)히 연극을 관상하고 있는 것이었다.

"?"

군은 어안이 벙벙하였다. L 혜경이와 같은 미인의 아버지로는 너무도 추하게 생긴 꼴에…

---

34) '잘룩하다(기다란 물건의 한 군데가 패어 들어가 오목하다)'의 잘못.

그러나 조금 뒤에 어떤 지인(知人)에게 물어 본 결과 그 흉악한 추물이 혜경이의 아버지가 아니요 남편이라는 것을 안 때에 L군의 경악은 얼마나 컸을까?

처음에 L군은 그 말을 곧이듣지 않았다. 곧이들을 수가 없었다. 그러나 극장이 끝나고 돌아갈 임시에 L군이 우연히 그들의 앞을 지나노라니까, 그 추물의 말로 혜경에게 향하여,

"변변치 않은 연극 구경에 허리만 아프군. 어서 ××씨 부처와 밤참이나 같이 먹고 집으로 갑시다." 하는 것을 듣고는 믿지 않을 수가 없었다.

사랑도 식어 버렸다.

혜경이가 그 추물의 가슴에 안겨서 해해거릴 꼴을 생각하매 혜경이의 남편은 그 사진의 주인인 줄 믿었기에 거기 대한 반항심으로 경쟁을 하여보려고 몸치장도 열심으로 하였지, 그런 털 투성이의 추물이 혜경이의 남편이라 할 진대 L군 자기는 비록 십년을 목간을 안하고 삼년을 이발을 안하고 한 달을 면도를 안할지라도 그 추물에 비하면 천만 배나 승

한 것이다.

이리하여 L군은 몸치장을 중지하였다. 하루에 세 번을 면도를 하지 않으면 얼굴이 근지럽다고 하던 L군이 코 아래가 시커멓게 된 채로 천연히 거리에 나다니게 되었다.

마지막 오후.

혜경과 L군은 지나간 한때의 정사를 청산하고 마지막 이별을 고하기 위해서 어떤 조용한 곳에서 만났다.

"L씨!"

"네?"

"자, 이것이 그새 L씨에게서 제게 보낸 편지입니다. 전부 도로 받으세요."

여인이 내어주는 뭉치를 L군은 말없이 받았다.

"그럼, 자 안녕히 가세요. L씨는 왼편길로 가세요, 저는 오른편으로 갈 테니…."

"혜경 씨!"

여인이 돌아서려 할 때야 L군은 비로소 정신이 든

듯이 여인을 찾았다.

"네?"

"마지막에 한 가지 물어 봅시다."

"무얼 말씀이에요?"

"어느 때 어느 해수욕장에서 혜경 씨가 내게 보여 준 사진이 있지요? 이이가 내 주인입니다고 하시면 서….."

여인은 미소하였다.

"네 그런 법하외다."

"그 사진은 대체 뉘 사진이오니까?"

"호호호호, 그건 왜 물으세요? 저도 뉘 사진인지 몰라요. 상해 어느 사진관에서 두 냥인가 얼만가 주고 산 건데, 아마 중국 어느 배우던가 누구라는 귀족의 사진이겠지요."

"상해서? 두 냥? 그럼 그 그-."

"그 사진을 왜 L씨에게 제 지아버니라고 속였느냐 말이지요?"

"네."

"아직 모르세요? 그 사진을 L씨에게 이이가 제 남

편 되는 이외다 하고 보여 드렸기에 L씨가 그 뒤에 얼마나 더 좋아지냈는지 스스로도 아시겠구면요. 저도 같이 친구를 사괴는[35] 이상에는 좀 더 풍채 좋은 양반과 사괴고 싶어서 그런 수단을 쓴 겁니다. 악의가 아니에요. 용서하세요. L씨도 사실대로 말씀하지만, 그 사진을 보여 드렸기에 그 뒤에는 삼사 할이나 더 풍채가 좋은 신사가 되셨읍니다."

L군은 말이 막혔다. 한참을 입만 움질움질하였다. 그런 뒤에야 비로소 말을 하였다-.

"그럼 말하자면 귀부인들이 자기가 끌고 다니는 개를 비누로 목간시키고 향수를 뿌려 주는 것과 같은 뜻이시구면요?"

"그렇게 극단으로 해석하실 게야 있읍니까? 호호호…."

"그건 그렇다 합시다. 그 수단은 용합니다. 그렇지만 결말이 왜 그렇게 싱겁습니까? 첫번 궁리하신 그만한 지혜를 왜 끝까지 쓰시지 못했읍니까?"

---

35) 사귀고

"무슨 말씀인지 좀 구체적으로 말씀해 주세요."

"말하구말구요. 어떤 날 혜경 씨가 우리 집에 놀러 오셨다가 가셨읍니다. 그런데 가실 때에 편지 한 장을 떨어뜨리고 가셨읍니다. 그 편지 때문에 나는 혜경 씨의 주인 되시는 양반을 보았어요. 그 털투성이 - 용서하세요- 털투성이 괴물을 보았읍니다. 그 괴물-."

"조금만 말씀을 주의해 하세요."

"그럼 그 괴물이 혜경 씨의 주인이 아니란 말씀입니까?"

"왜요, 우리 주인 되시는 분이지요."

"거 보세요. 그 괴물을 보기 때문에 우리 사이가 서로 벌어지지 않았읍니까? 이전에 소위 그 두 냥짜리 사진만 본 때는 나도 좀 더 풍채 좋은 사내가 되어 보려고 별 애를 다 썼읍니다마는, 털투성이- 용서하세요- 그 털투성이 괴물을 본 뒤부터는 그만 그런 생각이 없어졌읍니다. 그 털투성이에 비기자면 나는 일년을 면도를 안해도 천만 배나 우승한 미남자예요. 말하자면 혜경 씨는 편지 한 장을 잘 간수하지 못했기 때문에 실패를 보신 셈이 아닙니까?"

혜경이는 L군을 우러러보았다. 보면서 웃었다.

"L씨."

"네?"

"제 말씀을 들으세요. 들어 보니깐 L씨도 웬만하신 숫뵈기시구료?"

"왜요?"

"그래, 본남편을 두고 다른 남자와 교제를 하는 여편네가 편지 한 장 간수를 하지 못해서 여기저기 흘리고 다니겠읍니까?"

"그럼 편지를 흘리신 일이 없단 말씀이외까?"

"아니, 없는 건 아닙니다."

"그럼 무슨 말씀이세요?"

"편지는 분명히 떨어뜨렸읍니다. 떨어뜨렸지만 실수해서 떨어뜨린 것이 아니고 부러 떨어뜨렸읍니다. L씨에게 보여 드리기 위해서 부러 떨어뜨리고 갔읍니다.

"그게 무슨 말씀이세요? 부러 그 편지를 떨어뜨려서 그 때문에 내가 극장에를 달려가게 되고, 극장에 가기 때문에 그 괴물- 용서하세요- 괴물을 나한테 발견을 시켰단 말씀이에요?"

"그렇구말구요."

"그렇다면- 그 괴물을 발견하기 때문에 나는 몸치장도 중지해 버리고 그뿐더러 혜경 씨와의 사이도 벌어졌으니 그게 모두 부러 하셨단 말씀이에요?"

"L씨 흥분치 마시고 들으세요. 그게 전부 제가 계획적으로 한 일이올시다."

"계획적이란 무슨 까닭으로?"

"참, 사내어른이란 왜 그렇게 머리의 동작이 뜨신지- 간단히 말씀하자면 전에 어느 해수욕장에서 L씨에게 보여 드렸던 그 사진을 이번에 또 다른 분에게 보여 드렸읍니다그려. 그러니깐 말하자면 L씨는 이제는 아무리 몸치장을 안하시더라도 제게는 아무 관계가 없이 되었어요. 아시겠읍니까?"

"…"

"L씨 명심해 들으세요. 사내어른이란 편지 한 장과 사진 한 장만 가지면 아무게든 놀릴 수가 있는 것이에요. 우연히 떨어뜨린 듯한 편지 한 장이나 우연히 보여 드리는 듯한 사진 한 장을 이 뒤에는 결코 그대로 믿지 마세요. 다 트릭36)입니다— 아이구 왜 그렇게 눈을 무섭게 뜨세요? 최후의 이별 장소, 웃음으로 서로 작별하고 이 뒤에도 친구로 그냥 교제해 주세요. 자 그러면 아까 말씀대로 L씨는 왼편으로 가세요, 저는 오른편으로 가겠읍니다. 상해서 산 그 두 냥짜리 사진을 보여 드린 분과 약속한 시간도 거진 돼서 저는 좀 바쁩니다. 그럼 안녕히 가세요."

황혼의 거리—

가벼운 걸음을 콧노래를 부르면서 여인은 오른편 길로….

여인에게 왼편 길로 가라는 지시를 받은 L군이지만 그는 그 자리에서 발을 떼지를 못하고, 마치 정신 잃은 사람 모양으로 여인의 뒷모양을 바라보고 있었다.

황혼의 거리—

---

36) trick(속임수, 골탕을 먹이기 위한 장난 또는 농담)

적적한 거리―

(附言[부언]: 이것은 몰나르 「F Molnár」의 '마지막 오후'에서 '상(想)'을 취하였음을 말하여 둔다.)

(『월간매신(月刊每申)』, 1934.4)

석방

‘미중유의 중대 방송’—정오에 있으리라는 이 중대 방송이 논제의 중심이 되었다.

○○중공업회사 평양 공장이었다.

"아마 소련에 대한 선전포고겠지."

공무과장이 다 알고 있노라는 듯이 이렇게 말했다.

"선전포고쯤이야 우리나라는 10년에 한 번씩 으레 했고 3년 전에도 미영에 대해서 선전을 포고했으니 ‘미중유’라는…… 새삼스레 미중유 운운의 어마어마한 형용사까지 붙여서 예고까지 할 게야 없겠지."

영업과장이 공무과장의 말에 반대했다.

"그럼 무에란 말이야?"

"글쎄……."

과장급의 사원들이 둘러앉아서 정오에 있을 중대 방송에 대하여 이런 말들을 주고받을 때에, 한편 귀퉁이에 앉아 있던 급사가 혼잣말로 작은 소리로,

"무조건 항복."

하고는 자기의 말소리가 비교적 컸던 데 스스로 놀라서 목을 어깨 속에 오므렸다.

급사의 말소리가 급사 자신의 예기보다 컸던 관계로 공무과장과 영업과장에게까지 넉넉히 들렸다.

"하하하하, 이건 걸작이로다. 제국의 무조건 항복? 그 말이 옳다하면, 그야말로 건국 2,600년래로 처음 있는 일이니, 미증유야 미증유지."

이것은 공무과장의 말이었다. 영업과장도 한몫 끼었다.

"요놈, 여기는 네 신분을 아는 사람들뿐이니 무관하지만, 모르는 자리에서 그런 소릴 했다는 뼈도 남아나지 못한다. 요 방정맞은 놈 같으니."

이 엄한 질책에, 급사는 목을 더욱 어깨 틈에 들여끼며 송구한 태도를 나타냈다.

"20분만 더 있으면 다 알게 될 일일세. 무슨 방송이

있든 간에 우리는 우리의 직무로…… 야 급사, 너는 커피를 끓여. 점심때두 다 됐다. 또 손상은 만업(滿業)에 보낼 주문서 타이프했소?"

이 공장에 수많은 종업원 가운데 단 한 사람인 조선인 종업원 타이피스트 손숙희에게 하는 말이었다.

"네, 지금 찍는 중이에요."

"수량은 12만 톤."

"네……."

고급 사원은 고급 사원이니만치 전쟁의 운명은 국가에 영향되고, 국가의 운명은 중공업회사에 영향되고, 회사의 운명은 직접 자기네의 사생활에 영향되는 것이므로 오늘 정오에 있을 '미증유의 중대방송'에 관심하는 바가 컸다.

미증유라 하는 어마어마한 형용사를 붙여서 예고한 방송은 이 전쟁의 운명을 암시하는 큰 열쇠일 것은 의심할 여지가 없는 바이므로.

한 하급 사원인 손숙희의 '중대 방송'에 대한 관심도 다른 일본인 고급 사원들의 관심에 지지 않도록 컸다.

내일 정오에는 미증유의 중대 방송이 있을 테니 1억 국민은 한 사람도 빼지 말고 이 방송을 들으라고 예고한 그 예고의 순간부터 숙희는 직각적으로 이번 방송이 무엇일지를 짐작했다. 유구(琉球)도 미군의 군화 아래, 그리고 남방의 뭇 점령 지역도 모두 도로 저쪽 손에…… 이것만으로도 인젠 그냥 말라 죽게 된 일본이었다.

소련의 참전, 이것은 '일본이 인젠 다 죽었다'는 증거였다. 소련은 카이로 회담에는 빠졌다가는, 포츠담 회담 막판에야 비로소 참가했다.

포츠담 선언에 한몫 끼고서야 장차 동양 전쟁의 전승국 회의의 발언권을 잡을 수가 있겠으므로 허덕허덕 달려와서 회의에 참가한 것이나, '소련 참가'야말로 인제는 일본이 완전히 졌다는 증거가 되는 것이다.

더구나 실전에 있어서도 동양에서의 전쟁에 소련도 한몫 끼고자 병력을 시베리아로 이동하다가 그 이동을 완료하지도 못한 채로 일본에 군사 행동을 일으킨 것은, '소련의 병력 이동'이 끝나기까지 기다리다가는 일본이 먼저 거꾸러질 형편이었다. 그렇게 되면 '동양 전승국 회의'에는 소련은 발언권을 가질 수 없겠으므로 일본이 채 거꾸러지기 전에 달려든 것이다. 이렇게밖에 해설할 도리가 없으므로 소련의 군사 행동 개시라 하는 것은, 일본은 인젠 결정적으로 패배하였다 볼 수가 있었다. 꼭 이러한 때에 일본에서는 '미증유의 중대 방송'이었다.

'미증유'라는 그 말 자체를 엄밀하게 연구하든가, 사위의 정세로 보든가, 오늘의 방송은 무조건 항복을 온 국민에게 알리는 보도에 틀림이 없을 것이다.

사랑하는 남편을 '치안 유지법 위반'이라는 죄명 아래 경성 서대문 형무소에 보내고 네 살 난 어린 아들과 공규를 지키고 있는 숙회, 남편의 형기가 7년이요, 치안 유지법 위반에는 감형 가출옥의 덕택이 봉쇄되어 있는지라 상상할 수 없는 사건이 생기기 전에는 7년이라는 형기는 하루도 깎을 수가 없는 기간이다.

일본의 단죄소가 없어지든가 일본이라는 국가가 무너지든가.

몇 해 전만 할지라도 일본이 무너진다든가 하는 것은 상상도 할 수 없는 일이었지만 일본을 수호하던 가미사마가 망령이 났든가 무슨 착각을 일으켰든가 해서 일본은 자멸지책을 자인하였다. 즉 세계에서 가장 가멸고 실력 있는 국가, 미국과 영국에 일본이 자진해서 선전포고를 한 것이었다.

이 망령(중국 하나를 상대로 하여서도 허덕허덕 감당하기 힘들던 것을 미영에게까지 덤벼든 이 망령), 이것이야말로 일본의 자멸지책이다.

'형기 7년까지 가지 않아도 인제는 되었다.'

일본이 어느 날 굴복하든지 그 굴복하는 날이야말로 정치범은 죄석방이 되는 날이다.

눈은 감감히 기다리는 때에 이 중대 방송이다. 미중유의 중대 방송이라 하면 지금은 시국 추이상 '전면적 굴복'으로 판단하는 것이 떳떳한 일이거늘, 여기 일본인 과장들은 어쩌면 아직도 그 생각을 하지 못하는가. 아직도 딴 꿈을 꾸고 있는가. 가련한 일본인들아.

정오…… 몇 군데 준비해 놓은 확성기 앞에 온 종업원들은 모여들었다.

확성기를 통해 들리는 방송…… 그것은 지극히 명

료하지 못한 음조에다가 잡음까지 많이 섞여서 마디 마디를 똑똑히 알아들을 수는 도저히 없었지만 불명료한 가운데서도 위아래를 따져서 간신히 알아들은 바에 의지하건대, 방송한 사람은 직접 일본 황제 자신이요, 방송 내용, 지금 하릴 없이 포츠담 선언[37]을 수락한다는 것이었다. 일본으로 따지자면 예기하였던 바라 새삼스레 큰 감격을 받지 않을 것이지만 그 불명료한 한 마디 한 마디가 쿡쿡 숙희의 가슴에 울려들었다.

'이제는 조선도 해방이로다.'

내가 일찍이 보지도 못한 나라, 내 남편도 보지도 못한 나라, 우리가 세상에 나오기도 전에 소멸한 나라.

부모님이 그렇게도 사랑하시던 나라. 남편이 그 해방 독립을 위하여 현재 7년이라는 형기로 고역을 하

---

37) 제2차 세계대전 종전인 1945년 7월 26일 독일 포츠담에서 열린 미국, 영국, 중국 3개국 수뇌회담의 결과로 발표된 공동선언.
제2차 세계대전 후 대일처리방침을 표명한 것으로, 일본에게 항복을 권고하는 13개항을 선언하였다. 그러나 일본은 이 선언을 거부하였다. 결국 히로시마와 나가사키에 원자폭탄이 투하되었고, 소련은 8월 9일 참전하였으며, 8월 10일 일본은 이 선언을 수락하였으며, 8월 14일 제2차 세계대전은 완전히 끝이 났다.

는 나라.

드디어 해방이 되었구나.

일본제국의 신민이라는 명예 있는(?) 지위를 끝끝내 부인하고 나라 없는 사람으로 자처하던 남편은 오늘날 옥중에서 이 소식에 얼마나 기뻐할까.

자, 어서 서울로 달려가서 해방된 나라에 출옥하는 그이를 맞아야겠다. 제 아버지가 입옥한 뒤에 세상에 나서 아직 아버지의 품에 안겨보지도 못한 어린애를 아버지 앞에 자랑해야겠다.

공장장을 비롯하여 한 공원에 이르기까지 방송을 다 들은 뒤에는 뒤죽박죽이었다.

한숨에 전패국으로 떨어진 일본의 한 분자인 이 공장. 그들은 은행이며 각 금융기관에 맡겼던 예금 저금을 모두 찾아내어 분배하려는 모양이었다. 막판에 돈이나 나누어 먹고 꼬여지자는 이 전패 민족의 야비한 꼬락서니를 곁눈으로 보면서 숙희는 자기 집으로 돌아왔다. 어서 시어머님께도 이 기꺼운 소식을 알려드리고, 그리고 자기는 어린 자식을 데리고 출옥하는 그이를 맞으러 경성으로 달려가려는 것이 숙희의 플

랜이었다.

이러한 국제상의 위대한 변동 아래서 그 교통기관은 그냥 여전할까, 적지 않은 불안을 품고 숙희가 그의 사랑하는 아들 일남이의 손목을 끌고 평양역까지 이르러보니 좀 혼잡하기는 하나 기차의 운행은 여전하였다.

혼잡한 기차…… 출옥하는 남편을 만나려는 독한 결심이 아니고는 도저히 얻어 탈 수 없는 혼잡한 기차에 숙희 모자가 몸을 실은 것은 이튿날 오정경이었다.

근 4년 만에, 인제는 내 나라라는 국가를 얻은 해방의 대중은, 보기에도 씩씩하고 희망에 넘치는 태도와 표정이었다.

국가의 해방과 동시에 마음에서 관대심과 여유가 생긴 모양으로, 숙희의 모자가 기차에 자리를 못 잡아 두리번거릴 때에 숙희 모자를 위하여 세 군데서 다투어 자리를 내주었다.

"반갑습니다."

"참, 반갑습니다."

일찍이 서로 알지도 못하던 사람끼리 주고받는 인

사…… 과연 사해동포의 아름다운 풍경이었다.

이 기차에 몸을 실은 수백 수천의 군중, 그들의 목적지는 대개가 서울이었다. 그들의 주고받는 이야기로 미루어 보자면, 그들이 서울로 가는 데에는 무슨 특별한 용무가 있는 바가 아니었다. 해방된 내 나라의 서울…… 일찍이는 '경성'이라는 지명으로 알려 있고 그 이름 아래 다니던 땅이 인제는 내 나라의 서울, 내 나라의 정치의 중심지, 문화의 중심지로 변하였으니, 그 내 나라의 수부에 가서 이 격변한 시국 하의 내 나라와 서울이 어떻게 움직이는지. 그 풍경을 한번 엿보자는…… 말하자면 한 호기심으로 서울로 서울로 몰려 올라가는 것이었다.

이러한 막연한 목적으로 서울로 올라가는 무리는 나이는 서른 안팎의 청년들, 법률적으로 말하자면 조선 내지 한국이라는 국가는 소멸되고, 일본제국에 합병된 뒤에 출생한 사람들로서, 나면서부터 일본인인 그들이지만 그들의 어버이가 그들에게 물려준 조선인으로서의 혈맥의 탓으로, 오늘날 조선의 해방에 이렇듯 감격과 환희를 느끼는 것이었다. 국체가 어떻게 움직인다 할지라도 그 속에 흐르는 피의 줄기는 언제든 조국을 따르는 것이다. 일찍 이 숙희의 남편이 숙희에게 이런 말을 하여 웃은 일이 있다.

"K소좌(일본인)가 이런 말을 한단 말이지. 즉 40세 이상의 조선인…… 일한합병 이전에 출생한 조선인은 다 묶어서 태평양에 집어넣고 합병 이후의 조선인만으로 된 세상이 되어야 내선일체가 실현되리라구. 합병 이전의 조선인은 완미무쌍해서 아무리 선도해서 황민화하지를 않는다구. 어리석은 녀석!"

합병 이후에 출생했기 때문에 더욱 보지도 못한 조선을 애타게 그리며 사모하며, 그 조국의 복멸을 위하여, 서슬이 하늘 끝에 닿는 일본제국에 항쟁하며 가능성 없는 투쟁(당시로서는 절대로 가능성이 없었다)에 생애를 바치던 남편의 가능성 없는 희망이, 오늘날 돌연히 현실로서 3천만 조선인 앞에 나타난 것이다. 조선의 피를 물려받은 젊은이 ○○ ○○ ○○ ○ 무엇으로 설명하랴.

기차 안에는 이 귀퉁이 저 귀퉁이 한 무리씩 모여서 어제 정오 일본 황제 유인의 울음 섞인 방송 직후에,

각곳에서 생겨난 일본인들의 광태 추태들을 이야기하며 웃어댔다.

사흘 전만 하여도 이런 소리는 감히 하지도 못하거니와 하려 하면 쉬쉬 사면을 살피고 딴 사람이 들을세라 소곤거렸어야 하던 이야기를 팔도 사람이 다 모인 기차 안에서 큰 소리로 할 수 있게 된 이 자유만 하여도 이것도 벌써 해방의 덕택이었다.

좌우편에서 잡연히 들리는 이야기들에 귀를 기울이고 있다가 숙희는 허리를 굽히며 사랑하는 아들 일남이의 귀에 입을 갖다 대고 작은 소리로 물어보았다.

"우리 지금 어디 가는지?"

"서울."

일남이는 눈을 치떠 어머니를 보면서 대답하였다.

"서울은 무엇하러 가는지?"

"아버지 뵈러."

"어버지 뵈면 무에라고 인사할까?"

일남이는 벌떡 일어섰다.

양팔을 높이 쳐들었다. 그리고,

"조선 독립 만세! 하구 인사할 테야."

"옳지, 옳아! 이 인사야말로 아버지가 가장 반겨하실 인사로다."

일남이의 만세 소리에 차 안의 시선이 모두 자기에게로 모이는 것을 깨달으며, 숙희는 일남이를 품 안에 끌어 힘 있게 안았다.

풍년을 약속하는 폭염하의 대지를 기차는 남으로 남으로 닫는다. 일찍이는 많은 실망군(失望群)을 실어다가 만주의 황야에 쏟아놓은 역할을 하던 이 기차는, 지금은 희망과 환희의 무리를 만재하고 40년 만에 국도로 등장하려는 서울로 서울로 속력을 다하여 닫는다.

기차 안에서부터 느끼기 시작한 불안을 숙희는 독립문 앞에서 종내 부딪쳤다.

"정치범과 경제범 수인은 오늘 벌써 다 석방되었다." 하는 것이었다.

예기는 하였던 바이지만 석방이란 반갑기는 반가웠다. 그러나 석방된 그이는 지금 어느 곳에 그의 피곤한 몸을 눕히고 있을까. 허덕허덕 달려왔지만 몇 시간 늦었다.

평양 가는 기차는 내일 아침이 아니면 없으니 그냥 서울 있기는 할 것이다. 그러나 지금은 밤중이라 이 아닌 밤중에 어디 가서 그이를 찾아내는가.

홀몸도 아니요 네 살 난 어린애를 데린 숙희는 형무소 앞에 망연히 서 있었다.

좀 무리를 하였더라면 어제 밤차라도 탈 수가 있었을걸. 어제 밤차만 탔더라면 오늘 아침에는 서울에 도착하여 형무소에서 석방되어 나오는 남편을 형무소 문간에서 맞을 수가 있었을걸. 어린애가 큰 짐이 되어 어제 밤차를 못 탄 것이다.

어제 밤차를 놓치고 오늘 차로 와보니 남편은 자기네가 오기 전에 벌써 석방되어 어디론가 가버린 것이다.

"너 때문에……."

화가 저절로 어린애에게 미쳤다. 이 어린애를 생전처음 제 아버지께 대면시키려는 것이 숙희의 큰 목적의 하나였지만, 밤차를 못탄 데 대한 화는 자연 어린애에게 미쳤다.

사내같이 억센 성격의 숙희였다. 떠오르려는 화, 가슴을 누르는 기막힌 사정을 꾹 눌렀다.

"일남아, 아버지는 벌써 해방되셨구나."

"그럼 독립 만세를 어디서 불러요?"

아버지 뵐 때 아버지께 향하여 독립 만세를 부르려고 벼르고 있던 어린애는 그 부를 대상을 얻지를 못하고 어머니에게 물었다.

"응 내일 뵙거든? 오늘 못 부른 대신 열 번 스무 번 아버지의 귀청이 터지시도록 불러 올려라."

하릴없이 그 밤은 어떤 여관 하나를 잡고 모자는 거기서 묵었다.

이튿날, 숙희는 어린 아들의 손목을 잡고 남편을 찾으러 해방된 서울의 거리에 나섰다.

해방의 색채는 서울의 거리거리 골목골목에 차고 넘쳐 있었다.

종업원들이 마음대로 꺼내어 삯도 받지 않는 전차는 서울 장안을 종횡으로 왔다 갔다 한다.

일찍이 내 세상이라고 어깨를 추어들고 활보하던 일본인들은 죄 어디 박혔는지, 어찌어찌하여 간간 보이는 일본인들도 모두 일본인인 제 본색을 감추고 얼굴을 숙여 감추고 숨어 다닌다.

근 40년 만에 호기 있게 펄럭이는 태극기 아래로 그대로 자기의 존재를 알리는 듯, 시위적으로 횡행하는 패잔 일본 군인을 만재한 화물 자동차도 자기 딴에는 시위운동인지 모르나, 조선인의 눈으로는 가련하고 비참한 마지막 발악으로 눈에는 보이지 않았다.

전패자의 비참한 꼬락서니는 일찍이 그들의 식민지였던 조선 경성에서 가장 대차적으로 가장 명료히 드러나고 있다.

어제까지 그들의 사업장이었던 모든 회사, 기관, 공장이 모두 태극기 아래 장래의 주인인 조선인의 손으로 운영되는 이 기꺼운 현상.

공수래공수거로 일본인 40년간에 빈손으로 조선에 건너와서 40년간을 조선을 갈고 닦고 건설하고, 오늘날 그 건설 공사의 낙성을 기회로 다시 빈손으로 제 나라로 돌아가는 것이다. 40년간을 갈고 닦아서 일본인이 살기 좋도록 일본인 본위로 건설해놓은 뒤에, 오늘날 빈손으로 쫓겨 돌아가는 그들이라 어찌 놓고 싶으랴, 아득바득 끝까지 안 가고 견디어 배겨보고자 애쓰는 것이 당연은 하지만 하늘의 뜻에 어찌 거스를 수가 있으랴.

남편을 찾기 겸 해방 풍경을 보기 겸 방향 없이 서울 시가를 헤매는 숙희는 거리에 골목에 넘쳐흐르는 해방 풍경을 마음껏 호흡하였다. 그사이 없다없다 하여 조선인에게는 감추어두었던 온갖 물자가 일본인의 가정과 사업장에서 태산같이 쏟아져 나와서 거리로 흘러나온 것도 해방 풍경의 하나였다.

더욱이 숙희가 감격적으로 느낀 바는 '소화 연간'에 출생한 조선애들이야말로 진정한 황민이라고 일본인들이 크게 기대를 가지고 있던 소학교의 아이들이 가장 열렬히, 가장 활발하게 '조선 독립 만세'를 부르며 태극기를 두르며 돌아다니는 광경이었다. 일본의 40년간의 조선 통치는 완전히 실패하였다는 점이 여기서 가장 명료히 드러났다. 피…… 혈맥은 속일 수가 없었다.

거리거리로 해방 풍경도 구경하며 남편이 갔음 직한 곳을 찾아다니던 숙희는 저녁에야 남편이 있는 곳을 알아냈다.

그로부터 약 20분 뒤에 숙희는 남편 앞에 서게 되었다.

어린 일남이는 형무소 창구에서 본 일이 있는 아버지를 알아보고, 알아보자 양손을 높이 쳐들어 약속대로,

"조선 독립 만세!"

를 부르며 아버지에게로 달려갔다.

"오오, 너로구나, 조선 독립 만세야? 그렇구말구, 만세 만만세로다. 자, 크게 외쳐라. 조선 독립 만세!"

남편은 생전 처음으로 어린 일남이를 붙안았다.

억센 성격의 숙희였으나 이 순간 저절로 눈물이 핑 도는 것을 억제할 수가 없었다.

"엊저녁에 왔어요. 곧 현저정으로 달려갔더니 벌써 출옥하셨다구. 오늘 종일 찾아서……."

밤에 진실로 오래간만에 내외는 아들을 가운데 놓고 오붓하게 마주 앉았다.

"당신의 숙망, 이젠 이루었구려."

하는 아내의 말에, 남편은 단연 머리를 가로저었다.

"아니 이제부터야! 일본의 세력은 조선을 떠났다 하지만 지금 다시 새로운 힘이 조선의 위에 씌워질 게요. 그것 때문에는 더욱 큰 항쟁이 필요할게요."

일생을 투쟁으로 지내온 남편은 지금 새로 전개된 투쟁을 앞에 하고 찬란히 빛나는 눈을 들어 허공을 쳐다보았다.

고스란히 깊어가는 밤⋯⋯.

선구녀

—「김연실전」의 후일담

1

수없는 인명과 수없는 재물과 수없는 인류의 보화
를 삼키고 세계 대전쟁이 종식이 되었다.

일본도 이 전쟁에 참가는 하였다 하나 겨우 동양의
한구석 교주만 근처에서 퉁탕거려보고 의리적으로
불란서 전선에 군대를 약간 보내본 뿐이라 재정적으
로 손해가 극히 적었다.

그 대신 이 전쟁 때문에 얻은 이익은 지극히 컸다.
지금껏 온갖 약품이며 기계를 독일에서 수입하던 것
이 독일과 국교 단절을 한 관계상 자작자급을 하지
않을 수 없게 되어서 과학계의 발달이 놀라웠다. 유

렵에서는 전쟁으로 덤비느라고 일용품조차 제 나라에서 만들지 못하는 관계상 미국이며 일본 등에 주문하여다가 쓰게 되니만치 무역상의 이익이 놀랍게 되었다. 해운으로 굴러 들어온 돈도 막대하였다. 위체 관계로 얻은 이익도 막대하였다.

그러나 이런 적지 않은 이익의 반면에는 손해도 또한 없지 않을 수 없었다.

자유주의의 흥성과 사치—이것이 가장 눈에 뜨이는 악영향이었다.

서양 문명의 겉물핥기—이삼년 전까지만 하더라도 도리우치를 쓰는 학생이 없었고 금단추 이외에는 쓰메에리가 쉽지 않았고 학생은 세비로를 안 입던 동경이 갑자기 변하여 십팔구 세만 되면 세비로 한 벌은 장만하고 여학생들은 새빨간 하오리를 휘날리고 여자 양복도 드문드문 보이게 되었다.

서양 문명의 겉물을 핥은 또 그 겉물을 연실이는 핥았다.

아무 속살도 모르고 단지 겉만 흉내내면서 어제보다는 오늘, 오늘보다는 내일, 이렇게 나날이 향상되고 있었다. 그러나 그의 속 알맹이는 그 몇 해 전 '베개를 내려오라'면 내려오던 그 시절에서 한 걸음도 진전된 바 없었다.

조선 신문화는 대개 동경 유학생의 힘으로 건설되었고 문화의 제일 과정은 자유연애였다.

연실이가 장차 조선에 돌아가면 건설하려던 조선 신문학은 연실이가 돌아올 때까지 기다리지 못하고 아직 동경 유학할 동안에 싹이 트기 시작하였다. 이고주(李古周)라는 청년 문학도가 혜성과 같이 나타났다. 이 청년 문학도가 문학이라는 무기를 이용하여 처음 부르짖은 것이 자유연애였다.

이 현상은 연실이로 하여금 더욱더 연애와 문학은 불가분의 것이라는 신념을 굳게 하였다.

이러는 동안에 최명애는 연실이보다 1년 앞서서 졸업을 하고 동경을 떠나게 되었다. 송안나는 최명애보다 1년 전에 귀선하였다.

명애가 귀선할 날짜가 거진 가까운 어느 날 연실이는 명애의 하숙을 찾아갔다. 오래간만이었다. 서로 연애에 골몰한 동안은 동무를 찾을 겨를도 과연 없었다.

"아이, 오래간만이로구나."

"언니 졸업 턱 받으러 왔수."

이런 인사로써 둘은 마주 앉았다.

여자들끼리 만나면 으레 나오는 쓸데없는 이야기가 한참 돈 뒤에 연실이는 이런 말을 물어보았다.

"언니, 돌아가선 무얼 하겠소?"

이 질문에 명애는 눈가에 명랑한 미소를 띠고 잠깐 연실이의 얼굴을 본 뒤에 대답하였다.

"시집가련다."

"시집을?"

"그래, 우스우냐?"

"턱은 대었수?"

"글쎄, 누구한테 갈지 갈팡질팡일세. 돈 있는 작자는 시부모가 있구, 단가살림은 돈이 없구. 너무 잘난 녀석은 휘어잡기 힘들구, 너무 못난 녀석은 셋샤 마음에 안 맞구."

그런 뒤에 명애는 최근 삼사 년간에 졸업하고 귀선한 남학생을 한 오륙 명 꼽아대었다. 그 가운데 세 사람은 명애하고 특별한 관계가 있던 것을 연실이도 안다. 그로 미루어서 나머지들도 다 그렇고 그런 사람들일 것이다.

"어디, 네가 간택을 해봐라. 누가 제일 낫겠니?"

"내가 아우? 아재 간택하는 법두 있수?"

"하하하하. 애, 너 고창범이라구 알지?"

알기뿐이랴, 연실이도 한두 번 명애 몰래 만나본 일이 있는 W대학 문과 출신의 서울 사람이었다.

"셋샤 마음에는 고창범이가 가장 맞는구나."

싱거운 사내였다. 호인 이상은 보잘 데가 없는 사람이었다.

"고씨가 지금 어디 있수?"

"Y전문학교 문과 교수라네."

"부자인가?"

"저 먹을 게나 있지. 조끔 덜난 편이지만……."

"그 사람 어디가 마음에 드우? 난, 원, 시원찮소."

"그렇기에 내 마음에 들지. 너나 내나 시원한 남편 아래서 살 수 있을 것 같으냐? 안 될 말이지."

"난 귀선해서도 시집은 안 가겠수. 사내라는 건 도

대체 한 달만 가까이 지내면 벌써 부려먹으려 덤벼드는 걸 시집까지 가주면 영 종 노릇하게."

"그두 그래 하긴. 그래두 늙으면 자식 생각난다더라."

"시집 안 가군 새끼 못 낳소?"

"예끼, 화냥년."

그때 연실이는 임신 3개월이었다. 따져보아도 누구의 종자인지는 분명하지 못하였다. 그래서 때때로 이것을 뉘게다 책임을 지울까고 생각하고 하던 중이었다.

지금껏 진실한 의미로의 인생을 밟아보지 못한 이 처녀들은 인생의 근심을 몰랐다. 인생의 가장 중대한 일을 가장 가볍게 여기고 웃음과 희롱 가운데서 해결하려는 것이었다.

그날 낮에 놀러 갔던 연실이는 밤도 깊어서야 제 하숙으로 돌아왔다. 입덧이 나기 때문에 식성이 까다롭게 된 연실이는 제 하숙의 낯익은 음식보다 사루소바 두 그릇을 참 맛있게 먹었다.

2

그해 여름부터 가을에 걸쳐서 연실이의 아버지에게서 여러 장의 편지가 왔다. 첫 장은 꼬리표가 다섯이나 붙어서 겨우 연실이의 지금 하숙을 찾아온 것이었다.

수년간을 한 장의 편지도 않던 딸에게 갑자기 뒤따라 편지를 하는 데에는 그럴 만한 곡절이 있었다.

연실이에게 시집을 가라는 것이었다. 신랑의 나이는 연실이와 동갑, 소실의 자식이나 사람 똑똑하고 한 300석내기 물려받을 것도 있고 중학교를 졸업하였다 하는 것이다.

그때 배가 남산만 하게 되어 학교도 쉬고 하숙도 옮기고 있던 연실이는 첫 편지에는 귀찮아서 자기 주소만 알리고 편지 내용에는 회답도 안 하였다.

둘째 편지에는 그런 젖비린내 나는 아이에게 시집이 다 뭐냐는 배짱으로 답장도 안 하였다.

셋째 편지는 방금 연실이가 몸을 푼 이튿날 배달되었다. 여전히 회답도 안 하였다.

몸을 푼 지 한 달쯤 지나서 외출을 할 수 있게 된 때 연실이는 갓난애(사내애였다)의 아버지 후보자 중의 한 사람인 맹호덕이와 함께 어린애를 붙안고 놀러 나갔다. 나갔던 길에 셋(갓난애까지)의 사진을 찍었다.

며칠 후 사진을 찾아보니, 정녕 내외가 아들과 함께 찍힌 사진이었다.

"어때요? 맹 상."

이 말에 맹은 서슴지 않고 대답하였다.

"오라범, 누이, 누이의 사생아."

"애끼."

"하하하하."

물론 이 사진은 방에 장식하든가 맹과 자기가 나누어가지고 기념하든가 하려는 목적으로 찍은 것이 아닌지라 의리상 맹에게 한 장 주고, 자기가 두 장은 맡아두었다.

공교롭게도 사진을 찾아온 이튿날 고향에서는 또 혼사 의논의 편지가 왔다.

여기 대해서 연실이는 회답 대신으로 사진을 아버

지에게 보냈다. 무언의 거절이었다. 저는 벌써 인처요 자식까지 있습니다 하는 뜻이었다.

과연 이 사진을 보낸 다음부터는 다시 편지 왕래가 끊어졌다.

연실이는 제2학기 한 학기를 병을 칭탁하고 쉬었다.

제3학기부터는 애는 유모 주고 다시 학교에 다녔다. 3학기 한 학기로 연실이도 '전문학교 졸업생'이 되는 것이었다.

3

세계대전쟁의 여파가 온 세계에 가지가지로 일어나는 가운데 자유주의의 나라인 미국이 던진 몇 개가 꽤 세계를 소란하게 하였다.

가로되 국제연맹, 가로되 민족자결주의, 가로되 무엇, 가로되 무엇.

이 가운데 민족자결주의라 하는 여파는 조선반도도 한동안 흔들어놓았다.

연실이가 몸을 푼 뒤에 산후도 깨끗하여 3학기부터

학교를 가려고 준비할 때부터 동경 유학생 간에도 적지 않은 동요가 있었다. 제3학기 초부터는 동요도 꽤 커갔다. 경찰로 붙들려 가는 사람도 적지 않았다. 연실이의 애기의 가정(假定) 아버지 되는 맹호덕이도, 이런 일에는 참견하기를 좋아하는 사람이라 끼리끼리 밤을 새워가면서 수군거리며 돌아갔다.

조선의 신문학도요 겸하여 조선의 연애 교사인 이고주도 동경을 건너왔다가 무슨 글을 하나 지어주고 재빨리 상해로 달아나고, 남은 사람들은 그 글을 유학생 간에 돌리고 모두 사법의 손에 붙들렸다.

그러나 그 일은 연실의 생활이며 감정이며와는 아무 관련이 없었다. 무슨 일인지도 이해하지 못하였다. 그리고 3학기를 시작하였다.

3학기도 끝나고 내일 모레면 졸업식이라 하는 3월 초하룻날, 온 조선에도 무슨 중대한 일이 폭발된 모양이었다. 그러나 그것이 문학과 관계없고 연애와 관계없는 이상에는 역시 연실이의 아랑곳할 것이 못되었다.

졸업하고 곧 서울로 돌아가려던 예정이었다(고향

인 평양 따위는 벌써 잊은 지 오랜 연실이었다). 그러나 조선 안이 꽤 소란스러운 듯하므로 연실이는 그 음악학교에서 작곡과를 1년간 더 하고 조선이 좀 안돈된 뒤에 돌아가기로 하였다.

3월 초하룻날의 소란은 조선에서 꽤 커다란 결과를 주었다. 사내(寺內) 총독의 무단정치를 그대로 답습한 장곡천(長谷川) 총독은 경성 시내에 장곡천정(長谷川町)이라는 정명(町名) 하나를 남겨두고 갈려가고 재등실(齋藤實)이 새 총독으로 오게 되었다. 그리고 3월 초하루의 소란은 무단정치에 대한 반항이라 하여 문화정치라는 깃발을 내세웠다.

그 덕에 지금껏 탄압하던 출판계가 좀 완화되어 신문 잡지 그 밖 서적들이 뒤이어 나타났다. 동시에 신문학의 싹도 차차 완연해갔다.

이러한 현상을 바라보고 연실이는 그냥 편편히 동경에 있을 수가 없었다.

작곡과 1년간을 황황히 마친 뒤에 연실이는 행장을 가다듬어가지고 다시 조선으로 돌아왔다. 어린애는 사도코로 주었다.

어서 돌아가서 선각자의 자리를 남에게 앗기지 않아야겠다는 생각 때문에 어린애 같은 것을 달고 다닐 수가 없었다. 온갖 방면으로 조선 선구녀형의 표본인 연실이는 자식에게 가질 모성애라는 것도 결핍된 사람이었다.

연실이가 서울로 귀환할 때는 조선에도 두어 파의 젊은 문학도들이 생겨 있었다. 이 문학도들의 전기생(前期生)이요 겸하여 조선 연애 교수인 이고 주는 아직 상해로 피신해 있는 채 돌아오지 않았다.

4

"당추고추 맵다더니 시집살이 더 맵구나. 언니, 시집살이 재미가 어떻수?"

연실이가 서울로 와서 찾아든 곳은 명애의 집이었다. 명애는 고창범이와 결혼을 하고 이 도회 서부 어떤 고지대에 선양(鮮洋) 절충식 문화주택을 짓고 살고 있었다.

명애의 집에 들어 짐을 대강 정리한 뒤에 연실이는

이렇게 물었다.

"야, 미나리 고쳐야겠더라. 청밀사탕 달다더니 시집살이 더 달더라구……"

"그렇게 재미나우?"

"그럼. 밤에는 서방 있것다, 아침엔 구찮은 서방은 학교에 가구 나 혼자 편히 할 노릇 다 하것다. 오후에는……야, 오후엔 우리 집 살롱엔 별별 청년들이 다 모여든다."

"무슨 청년들이우?"

"너 좋아하는 문학청년들."

"고 선생……"

"아서라. 네 입에서 웬 갑작스리 선생이냐. 고 상이지."

"고 상은 너무하니 아재라 해둡시다. 아재 찾아오오?"

"아재는…… 나 찾아오지."

명애에게서 들은 바에 의지하건대 조선의 새 문학도는 대개 두 파로 나눌 수가 있다. 하나는 『시작』이라는 잡지를 무대로 활약하는 파로 이를 '시작파'라 한다. 나머지 하나는 『퇴폐』라는 잡지를 무대로 활약하는 파로 이를 '퇴폐파'라 한다.

그런데 시작파와 퇴폐파를 손쉽게 구별하자면, 말하자면 기생네 집에 놀러 간다 할지라도 시작파들은 기생방 아랫목에 누워서 기생을 호령하여 술을 부르고 음식을 부르는데 반하여 퇴폐파는 꽃다발을 받들고 기생집을 찾아가서 무릎 꿇고 이것을 바치는 사람들이라 하면 짐작이 갈 것이다. 퇴폐파는 그 명칭과 같이 불란서 시인식의 퇴폐적 기분이 꽤 농후하였다.

명애의 살롱을 찾아오는 사람들도 퇴폐파거나 혹은 그들의 친구들이었다.

"와서는 무얼들 하우?"

"입에 거품을 물고 문학이 어떠니 인생이 어떠니 떠들지."

"그럼 언니는 어떻게 허우."

명애는 미소하였다. 그리고 목소리를 낮추었다.

"내놓구 말이지 어디 무슨 소린질 알겠더냐? 그래서 그저 웃고 보고 듣고 있지."

"오늘도 오우?"

"그럼. 나 없어두 저희들끼리 들어와서 한참씩 덤비다가 가니까……."

"나 좀 참가 못할까?"

"왜 못해 네가 참가하면. 모두들 아아, 우리의 새 여왕이시어 하면서 손으루 키스를 보내리라."

"이름은 누구누구요?"

명애는 그들의 이름을 대강 꼽았다. 듣고 보니 신문이나 잡지에서 흔히 듣던 이름이 대부분이었다.

연실이는 매우 흡족하였다. 조선 신문단에서 활약하는 사람의 대부분을 손쉽게 사귈 기회를 얻었다.

2년간 동경과 서울, 이렇게 만 리를 상격하여 있다가 만난 터라 서로 바꾸는 뉴스는 끝이 없었다. 그 가운데서 연실이가 가장 통쾌하게 들은 것은 송안나에 관한 뉴스였다.

송안나가 동경 유학 당시의 가장 마지막 애인은 I라는 사람이었다. 그리고 I와의 애정이 다른 여러 과거의 애정들보다 가장 깊었다. 그런데 송안나가 아직 졸업하기 전에 I는 먼저 졸업하고 고향에 돌아왔다가 병나서 죽었다.

송안나는 I가 죽은 반년 뒤에 졸업하고 돌아왔다. 돌아올 때는 벌써 약혼자가 하나 생겨서 약혼자와 동반하여 돌아왔다.

돌아와서는 곧 결혼식을 거행하였다. 결혼을 하고 신혼여행으로 간다는 데가 어디냐 하면 죽은 I의 고향이었다. I의 고향에서 송안나는 신혼한 남편과 함께 죽은 애인의 무덤에 절하고(사죄라 하는 편이 옳을지) 새 남편의 주머니에서 돈을 꺼내 I의 무덤에 비석을 해 세워주었다…… 이런 뉴스였다.

냉정한 이성을 가지고 생각하자면 송안나(뿐 아니라 연실이며 명애며 다 마찬가지다)의 심리며 행동이며는 제정신 가진 사람의 일이라고는 볼 수가 없었다. 그러나 명애는 깔깔대며 이 뉴스를 여성이 남성에 대한 대승리라 하여 연실이에게 알렸고 연실이는 손뼉을 두드리며 찬성하였다.

명애의 소위 살롱이라는 것은 마루방에 유리창을 달고 센터 테이블을 가운데로 값싼 의자가 대여섯 대 둘러 놓여 있고, 센터 테이블에는 재떨이 몇 개와 성냥 몇 갑이 놓여 있을 뿐이었다.

오후 3시쯤 대여섯 명의 무리가 밀려왔다. 머리를 기르고 토이기(土耳其) 모자를 비뚜루 쓴 청년, 새빨간 노끈을 넥타이 대신으로 쌍코를 내어 맨 청년, 머리를 통 뒤로 젖히고 칼날 같은 코를 때때로 이태리식으로 쿵쿵 울리는 청년…… 동경에서 사립 음악학교를 다닌 연실이에게도 신기한 느낌을 주는 사람들이었다.

소설이나 시나 한 번 활자화되기만 하면 서로 이름쯤은 기억이 될 만한 단순한 시대라, 더욱이 여자인 김연실의 이름은 그들의 기억에도 있던 바였다.

그 위에 이 집 여왕 명애의 입을 통해서도 누차들은 일이 있는 이름이었다.

그들은 두 손을 들어 환영하였다.

그 청년 가운데 한 사람은 연실이에게도 약간 기억이 있는 사람이었다. 옷은 별다르게 입지 않았으나 가장 유행형이었다. 구주전쟁 때문에 세계적으로 온갖 물자가 결핍하기 때문에 옷 같은 것도 놀랍게 짧고 좁고 팽팽한 것이 유행되어 그 유행이 아직 해소되지 않은 시절이라 옷이 좁고 짧은 것이 흠할 것이 아니지만 이 청년의 것은 유달리 좁고 짧아서 누구가 보든 남의 것을 빌려 입은 것 같았다. 박형(薄型) 나르단 제(製)의 금시계와 꽤 커다란 금강석 반지와 밀화 권연 물부리 등으로 부잣집 청년이라는 점이 증명되기에 말이지, 의복만으로 보자면 남의 것을 빌려 입은 듯했다. 김유봉이라는 이름이었다. 동경미술학교 출신이었다. 이 청년을 연실이는 잠작한다.

김유봉은 평양 사람이다. 김유봉의 증조할아버지는 평양의 전설적 치부가였다. 김유봉의 할아버지는 참령(參領)이었다.

이 김유봉의 할아버지가 참령 시대에 연실이의 할아버지는 군졸이었다. 옛날 같으면 연실이의 할아버지일지라도 김유봉의 앞에 감히 앉을 자격도 없고 가까이 할 자격도 없는 사람이다.

연실이는 아버지도 이속이 되기 전에는 김 강동(강동 군수를 살았다고 김강동이라 한다) 댁에 하인 비슷이 드나들었다. 연실이의 아버지가 영리가 된 뒤에도 김 강동에게는 늘 하인같이 문안 다니고 하였다.

이러한 호상 관계가 있는 김유봉과 지금 대등의 자

격으로 마주 앉아서 이야기를 할 때에 연실이의 마음에는 일종의 긍지까지 일어나는 것이었다.

그들의 입에서는 동서고금의 온 예술가들의 이름이 오르내리고 비판과 논란이 오르내렸다.

지금까지 자기들 여류 문학자로 자임하고 선각자로 자부하던 연실이로 하여금 적지 않게 불안을 느끼게 한 것은 이 청년들이 떠들고 법석하는 이야기를 잘 알아듣기가 힘들뿐더러 그들의 입에 예사로이 오르내리는 서양 문호들의 이름조차도 연실이는 모르는 자가 적지 않은 점이었다. 명애의 말도 '그 작자들의 이야기는 내놓고 말하자면 잘 못 알아들겠더라' 하더니만 연실이 자기도 그러하였다.

이런 가운데서도 막연히 느껴지는 바는, 연실이 자기의 학우들이던 그곳 남녀들과 이 청년들이 전혀 마음 가지는 법이 다르다는 것이었다. 그곳 남녀들은 단지 배울 것 배우고 놀 것 놀고 먹을 것 먹는 뿐이었다. 그런데 이 젊은이들의 마음가짐 가운데에는 자기의 배운 것으로 사회를 어떻게 한다 하는 '대사회'라는 것이 있는 듯하였다.

5

연실이가 명애의 집에 기류하기 시작한 지 며칠이 지나지 않아서 연실이와 명애는 대판 싸움을 한번 하였다. 명애는 자기의 남편 되는 고창범이가 세상에 드문 호인인 것을 다행히 여기고 온갖 행동을 자유로 하였다. 그 소위 '온갖 행동'이라는 데에는 연애도 포함되어 있었다.

고창범이도 짐작은 한다. 그러나 성격이 덜났으니 만치 호인인 그는 아내와 싸우기가 싫기도 하고 무섭기도 하고 해서 모른 체하는 모양이었다.

명애의 상대 남자라는 것은 소위 살롱의 문학청년도 있고 남편의 친구도 있고 하여 대중이 없었다. 어느 일요일 날, 이날도 아마 명애는 그 애인 중의 누구를 만나러 나간 모양이었다. 그렇지 않고 놀러나가려면 연실이를 두고 나갈 까닭이 없었다.

집에는 창범이와 연실이와 하인밖에 없었다.

창범이와 연실이는 같은 방에서 창범이는 신문을, 연실이는 소설을 읽고 있었다.

그 소설에는 마침 '어떤 여자(주인공)가 이전 학생 시대에 자기와 관계 있던 남자의 아내(친구끼리다)에게 놀러 간다. 아내는 지금 찾아온 동무와 제 남편이 과거에 그런 일이 있은 줄은 모른다. 아내는 동무를 위하여 과일이라도 사러 가게에 나간다. 과거에 관계 있던 남녀가 단둘이 남는다. 여자가 눈을 들어 사내를 본다. 사내도 마주본다. 서로 싱그레 웃는다. 서로 손을 내민다. 서로 쓸어안는다' 이런 대목이 있었다. 이것을 읽다가 연실이는 뜻하지 않게 고창범이를 건너보았다. 그러매 고창범이도 연실이가 자기를 보는 기수에 신문을 내리매 마주 보았다.

뜻하지 않게 서로 싱그레 웃었다. 수년 전에 마주 서로 보고 싱그레 웃던 일이 생각났다. 연실이가 말을 던져보았다.

"재미가 꿀 같죠?"

"세상살기가 귀찮아집니다."

"꽃 같은 부인에……."

"좀 가까이 와서 옛날같이 이야기나 해봅시다."

고창범은 손을 길게 뻗쳤다.

"명애한테 큰일나게."

"이건 왜 이래."

창범이는 연실이의 옷깃을 잡았다. 옷깃에서 팔목으로, 팔목에서 어깨로 서로 나란히 ……하고 그 뒤에는 어깨를 붙안고 뺨을 부비고…… 꼴이 차차 우습게 되어갈 때에 문이 획 열렸다.

깜짝 놀라서 남녀가 떨어져 앉을 때에 문에 나타난 사람은 이 집의 여왕 명애였다.

명애에게는 너무도 의외인 모양이었다. 잠깐 멍하니 섰다. 서로 떨어진 남녀도 무슨 할 말도 없어서 우두커니 앉아 있었다.

드디어 명애에게서 노염이 폭발되었다.

"훙."

이것이 첫 호령이었다. 다음 수간 화닥닥 뛰쳐들었다. 첫 발길로 남편을 걷어찼다. 다음 발길로 연실이를 차려 하였다. 연실이가 몸만 비키지 않았더라면 물론 차였을 것이다.

연실이는 본능적으로 몸을 비켰다. 그 때문에 허공을 찬 명애는 탁 엉덩이를 주저앉았다.

"이놈의 계집애, 손질까지 하는구나."

악이었다. 달려들면서 연실의 머리채를 휘어잡았다.

여기서 두 여인은 한참을 서로 악담을 퍼부어가면서 머리채를 맞잡고 싸웠다. 명애의 남편은 어디로 언제 피하였는지 없어져버렸다.

이 집 하인이 들어와서 간신히 떼놓을 때까지 두 여인은 서로 옷을 찢으며 찢기며 머리를 뽑히며 코피를 쏟으며 가장집물을 부수며 격투를 계속하였다.

하인의 중재로 겨우 떨어진 뒤에 연실이는 도둑년이라 부르짖으며 명애는 화냥년이라 부르짖으며 각각 하인에게 이끌려 딴 방으로 갈렸다.

제 방으로 돌아온 연실이는 즉시로 얼굴을 닦고 머리를 매만지고 옷을 갈아입고 행장을 수습해가지고 명애의 집을 나왔다.

인력거에 몸과 짐을 실은 뒤에 연실이가 인력거부에게 가리킨 방향은 패밀리 호텔이었다.

이 패밀리 호텔에는 김유봉이가 묵고 있었다.

6

연실이가 동경으로 처음 떠날 때에 어머니의 주머니에서 훔쳐가지고 떠났던 돈은 그가 공부를 끝내고 돌아와 명애의 집에 기류해 있는 동안 다 썼다.

그러나 당시는 대정(大正) 팔구년[38]의 대경기 시대라, 돈이 함부로 굴러다니던 때니만치 금전은 전혀 문제가 안 되었다. 만록총중의 일점홍으로 사천년래의 제일 첫 사람인 신시인에게 생활 곤란의 문제가 생길 까닭이 없었다.

한 주일에 한 번씩 내야 하는 이 호텔의 방세는 괴상한 복장의 청년들이 경쟁적으로 순서를 다투며 부담하였다. 매 끼니끼니는 이 청년 중의 한 사람 혹은 몇 사람씩이 내고 하였다. 일용품들도 연방 갖다 바쳤다. 직접 금전으로 바쳤다.

그러나 그런 것들이 다 없어진다 할지라도 연실이의 생활은 튼튼히 보장되었다. 김유봉이가 연실이의

---

38) 1929~1930년

패트런이 되었다.

한 호텔에서 한 가지의 취미를 즐기는 젊은 남녀였다. 그 사이가 저절로 그렇게 되었다.

연실이는 연애를 동경한 지 수년, 이 패밀리 호텔에서 비로소 소설에서 읽던 연애를 사실적으로 체험하였다.

가장 유행형인 의복으로 맵시나게 차린 김유봉과 동반하여 혹은 교외를 산책하고 혹은 밤의 거리를 방황하며 호텔의 창에서 갈구리[39] 같은 달을 우러르며 혹은 빗소리에 귀를 기울이며 일찍이 소설에서 읽은 바와 같은 달콤한 속살거림을 서로 주고받았다.

"연실 씨, 연실 씨의 곁에 가까이 앉기만 해도 가슴이 울렁거립니다그려."

"아이 참, 김 선생님. 우리가 왜 좀 더 일찍이 만나지 못했을까요?"

"그게 참 큰 한입니다. 아아, 이 달밤에 우리 산보나 같이 나가볼까요?"

---

39) 갈고리

"네, 참 그러세요."

그러고는 서로 잡았던 손에 힘을 주고 서로 뺨을 부벼대고 하였다.

싸우고 난 뒤에는 다시 명애를 만나지 않았다. 여자의 친구는 남자일 것이지 여자는 여자의 친구가 되지 못할 것이다. 그날 그 일에 일종의 희망을 붙였는지 명애의 남편인 고창범은 몇 번 연실이에게 전화를 걸었다. 그러나 그날 우연한 찬스에 다시 한 번 붙안겨보기는 하였지만 고창범 같은 남자에게는 일호의 흥미도 느낄 수 없는 연실이는 다시 창범을 만나지 않았다.

퇴폐파의 문사며 그 밖 젊은이들도 차차 연실이를 김유봉의 애인으로 인식해주는 사람이 늘어갔다.

김동인

(金東仁, 1900~1951)

소설 작가, 문학평론가, 시인, 언론인.

본관은 전주(全州)이며 호는 금동(琴童), 금동인(琴童仁)이며, 필명으로 춘사(春士), 만덕(萬德), 시어딤을 썼다.

평안남도 평양 출생.

1919년의 2.8 독립선언과 3.1 만세운동에 참여하였으나 이후 소설, 작품 활동에만 전념하였고, 일제강점기 후반에는 친일 전향 의혹이 있다. 해방 후에는 이광수를 제명하려는 문단과 갈등을 빚다가 1946년 우파 문인들을 규합하여 전조선문필가협회를 결성하였다. 생애 후반에는 불면증, 우울증, 중풍 등에 시달리다가 한국전쟁 중 죽었다. 평론과 풍자에 능하였으며 한때 문인은 글만 써야 된다는 신념을 갖기도 하였다. 일제강점기부터 나타난 자유연애와 여성해방운동을 반대, 비판하기도 하였다. 현대적인 문체의 단편소설을 발표하여 한국 근대문학의 선구자로 꼽힌다.

1907~1912년 개신교 학교인 숭덕소학교

1912년 개신교 계통의 숭실학교에 입학

1913년 숭실학교 중퇴

1914년 일본에 유학하여 도쿄학원 중학부에 입학

1915년 도쿄학원의 폐쇄로 메이지학원 중학부 2학년에 편입

1917년 아버지의 사망으로 일시 귀국 많은 재산을 상속받음. 메이지 학원 중퇴

1917년 9월 일본으로 재유학, 일본 도쿄의 미술학교인 가와바타화숙 에 입학하여 서양화가인 후지시마 다케지의 문하생이 됨

1918년 12월 이광수·최팔용·신익희 등과 함께 2.8 독립선언을 준비함

1919년 2월 일본 도쿄에서 주요한을 발행인으로 한국 최초의 순문 예동인지 『창조』를 창간, 단편소설 「약한 자의 슬픔」을 발 표하며 등단함

1919년 2월 일본 도쿄 히비야 공원에서 재일본동경조선유학생학우 회 독립선언 행사에 참여하여 체포되어 하루 만에 풀려남

1919년 3월 5일 귀국한 후 26일 동생 김동평이 사용할 3.1 만세운

동 격문을 기초해 준 일로 체포되어 구속되었다가 6월 26일
집행유예로 풀려남

1919년 「마음이 옅은 자여」, 1921년 「배따라기」, 「목숨」 등을 발
표하면서 예술지상주의를 표방함

1923년 첫 창작집 『목숨』(시어딤 창작집, 창조사) 발간

1924년 8월 동인지 『영대』를 창간, 1925년 1월까지 발간함

1925년 「명문」, 「감자」, 「시골 황서방」 등 자연주의 작품 발표

1929년 「근대소설고」 발표(춘원 이광수의 계몽주의문학과에 대립되
는 예술주의문학관을 바탕)

1930년 「광염소나타」, 「광화사」 등의 유미주의 단편 발표

1930년 9월~1931년 11월 동아일보에 첫 장편소설 「젊은 그들」을
연재하였으며, 1933년 「운현궁의 봄」, 1935년 「왕부의 낙
조」, 1941년 「대수양」 등은 연재한 대표적인 작품임

1932년 7월 문인친목단체 조선문필가협회 발기인, 위원 및 사업부
책임자를 역임. 동아일보 기자

1933년 4월 조선일보에 입사 조선일보 기자 겸 학예부장으로 약 40
여 일 동안 재직

1934년 이광수에 대한 최초의 작가론 「춘원연구」 발표

1935년 월간잡지 『야담』을 인수하여 1935년 12월부터 1937년 6

월까지 발간

1937년 수양동우회 사건으로 구속되었다가 풀려난 뒤 전향의혹을
받음

1942년 일본 천황에 대한 불경죄로 두 번째 옥살이

1946년 1월 전조선문필가협회 결성을 주선하는 한편, 일제 말기에
벌어진 문학인의 친일행위 등을 그린 「반역자」(1946), 「만
국인기」(1947), 「속 망국인기」(1948) 등의 단편을 발표

1951년 1월 5일 서울 성동구 하왕십리동 자택에서 사망

1955년 사상계사에서 그의 문학적 업적을 기려 동인문학상을 제정

도쿄 유학시절 이광수·안재홍·신익희 등과 친구로 지낸 김동인. 1919
년 창간된 『창조』를 중심으로 순문학과 예술지상주의를 내세웠으며,
한국어에서 본래 발달하지 않았던 3인칭 대명사를 처음으로 쓰기 시
작한 게 김동인이다.

김동인은 평소 이상주의에 깊은 공감을 가지고 있었으나 파리강화회
의에 김규식 등 한국인 대표단이 내쳐졌다는 소식을 듣고 상심하여
회의적이고 냉소적으로 변했다고 전한다.

1920년대부터 가세가 몰락하면서 대중소설에 손을 대기 시작했다.

신여성의 자유연애에 부정적인 태도를 표출했던 김동인은 신여성 문사 김명순을 모델로 삼은 김연실전에서 주인공 연실을 "연애를 좀 더 알기 위해 엘렌 케이며 구리야가와 박사의 저서도 숙독"했지만, 결국 "남녀 간의 교섭은 연애요, 연애의 현실적 표현은 성교"라는 관념을 가진 음탕한 여자, 정조관념에는 전연 불감증인 더러운 여자로 묘사한다. 이러한 부정적인 언급은 김명순 개인을 넘어 자유연애와 자유결혼을 여성해방의 방편으로 여겼던 신여성들과 지식인들 전반을 겨냥한 것이었으며, 나아가 김명순을 남편 많은 처녀, 혹은 과부 처녀라고 조롱하기도 하였다.

그는 풍자와 조롱을 잘 하였고, 동료 문인이나 언론인들, 취재 기자들과도 종종 시비를 붙기도 했다고 전한다. 그 중 단편소설 「발가락이 닮았다」는 염상섭을 빗댄 작품이라고 하여 설전이 오가기도 했다고 전한다. 당대 문단을 주도했던 이 두 사람의 설전은 무려 15년 동안이나 계속 되었다고 한다.

김동인의 친일행적: 김동인의 친일행적은 일제강점기 말기 중일전쟁 이후부터다. 1939년 2월 조선총독부 학무국 사회교육과를 찾아가 문단사절을 조직해 중국 화북지방에 주둔한 황군을 위문할 것을 제안했다. 그 제안이 받아들여져 3월 위문사(문단사절)를 선출하는 선거에

서 뽑혔으며, 4월 15일부터 5월 13일까지 북지황군 위문 문단사절로 활동하여 중국 전선에 일본군 위문을 다녀와 이를 기록으로 남겼다. 이후 조선총독부의 외곽단체인 조선문인협회에 발기인으로 참여했으며, 1941년 11월 조선문인협회가 주최한 내선작가간담회에 출석하여 발언하였고, 1941년 12월 경성방송국에 출연하여 시국적 작품을 낭독했다. 1943년 4월 조선총독부의 지시하에 조선문인협회, 조선하이쿠협회, 조선센류협회, 국민시가연맹 등 4단체가 통합하여 조선문인보국회로 출범하자, 6월 15일부터 소설희곡부회 상담역을 맡았다. 또한 총독부 기관지 매일신보에 내선일체와 황민화를 선전, 선동하는 글을 많이 남겼다. 1944년 1월 20일에 조선인 학병이 첫 입영하게 되자, 1월 19일부터 1월 28일에 걸쳐 매일신보에 「반도민중의 황민화: 징병제 실시 수감」의 제목으로 학병권유를 연재하기도 하였다. 이 밖에도 김동인은 친일소설이나 산문 등을 여러 편 남겼다. 1945년 광복 이후 8월 17일 임화와 김남천이 주도하는 중앙문화건설협의회 발족회에서 이광수 제명을 반대하였으며, 해방 직후 이광수에 대한 단죄 분위기가 나타나자 이광수를 변호하는 몇 안 되는 문인 중 한 사람이기도 했다. 김동인은 말년에 사업에 실패하고 불면증에 시달렸다고 한다. 수면제에 의존해 살다가 수면제에 대한 박사가 되었다고 한다. 이후 중풍으로 쓰러졌다 반신불수가 되어 1951년 1월

생을 마감하였다.

**2002년 발표된 친일문학인 42인 명단과 2008년 민족문제연구소가 선정한 친일인명사전 수록예정자 명단 문학 부문에 포함되었다. 친일반민족행위진상규명위원회가 발표한 친일반민족행위 704인 명단에도 포함되었다.

**1955년 『사상계』가 김동인의 이름을 딴 동인문학상을 제정하여 1956년 시상을 시작했다. 이후 동인문학상은 1956년부터 1967년까지는 사상계사, 1979년부터 1985년까지는 동서문화사, 1987년부터는 조선일보사가 주관하여 매년 시상되고 있다.

큰글한국문학선집: 김동인 단편소설선

박 첨지의 죽음

© 글로벌콘텐츠, 2018

1판 1쇄 인쇄__2018년 03월 10일
1판 1쇄 발행__2018년 03월 20일

지은이__김동인
엮은이__글로벌콘텐츠 편집부
펴낸이__홍정표

펴낸곳__글로벌콘텐츠
　　　등　록__제25100-2008-24호

공급처__(주)글로벌콘텐츠출판그룹
　　　편집디자인__김미미　　　기획·마케팅__노경민 이종훈
　　　주소__서울특별시 강동구 풍성로 87-6 201호
　　　전화__02-488-3280　　　팩스__02-488-3281
　　　홈페이지__www.gcbook.co.kr

값 19,000원
ISBN 979-11-5852-174-5 03810